नाटक

छठा बेटा

छठा बेटा

उपेन्द्रनाथ 'अश्क'

लोकभारती प्रकाशन

पहला संस्करण 1940 में नीलाभ प्रकाशन, इलाहाबाद से प्रकाशित

लोकभारती प्रकाशन
पहली मंजिल, दरबारी बिल्डिंग, महात्मा गांधी मार्ग
प्रयागराज-211 001

वेबसाइट : www.lokbhartiprakashan.com
ईमेल : info@lokbhartiprakashan.com

शाखाएँ : 1-बी, नेताजी सुभाष मार्ग, दरियागंज
नई दिल्ली-110 002
अशोक राजपथ, साइंस कॉलेज के सामने
पटना-800 006
1, अनमोल सोराबजी संतुक लेन, धोबी तलाव,
मरीन लाइंस, मुम्बई-400 002

पहला लोकभारती संस्करण : 2024

मूल्य : ₹495

विकास कंप्यूटर एंड प्रिंटर्स
ट्रॉनिका सिटी-201 102 द्वारा मुद्रित

CHHATHA BETA
Play by Upendra Nath 'Ashk'

ISBN : 978-81-978414-3-9

डॉ. एम.एन. शर्मा के नाम

जो मेरे बड़े भाई भी हैं और मित्र भी!

‘पूत कपूत होते हैं, पर पिता कुपिता नहीं होते’
लेकिन क्यों? इस बात पर पिता कभी विचार नहीं करते।

स्वार्थ हमारे उन ‘गुणों’ को उजागर कर देता है, जिनके अस्तित्व से हम, अपने नि:स्वार्थ क्षणों में, सदैव इनकार करते हैं।

‘यदि’ को किसने जीता है?

लेखक की ओर से

'छठा बेटा' मेरे उन दिनों की याद है जब दिमाग़ ख़ासा परेशान था, मुझे स्मरण है, मैंने इसका पहला दृश्य लिखकर अपने मित्र राजेन्द्रसिंह बेदी को सुनाया (जो स्वयं उर्दू के बड़े प्रसिद्ध कथाकार हैं) तो उन्होंने आश्चर्य प्रकट किया कि मैं कैसे ऐसी परेशान-दिमाग़ी में हास्य का सृजन कर सकता हूँ। लेकिन जैसा कि मैंने हास्य-व्यंग्य की अपनी 42 कहानियों के संग्रह 'छींटे' में लिखा है—पहले भावुकता ऐसे अवसरों पर बड़ी करुणाजनक चीज़ें लिखा लेती थी, पर बाद को उन्हीं बातों पर हँसी आने लगी। यह भी हो सकता है कि ज्यों-ज्यों मस्तिष्क प्रौढ़ होता गया चीज़ों की वास्तविकता समझ में आती गई और जो बातें पहले क्रोध अथवा क्षोभ उपजाती थीं, वही हास्य उत्पन्न करने लगीं।

'छठा बेटा' को लिखे लगभग दस वर्ष होने को आए हैं। आज यद्यपि इसकी प्रतिकृति (Pattern) मुझे पसन्द नहीं और आज यदि मैं स्वप्न-नाटक लिखूँ तो शायद कोई दूसरा ही आकार अपनाऊँ, पर जहाँ तक शेष बातों का सम्बन्ध है, मुझे 'छठा बेटा' आरम्भ से अन्त तक पसन्द है।

इसका मूलभूत विचार (जैसा कि मैंने अपने लेख 'मैं नाटक कैसे लिखता हूँ'* में लिखा है) मेरे मन में प्रीत नगर (अमृतसर) से अटारी तक, दस मील का लम्बा मार्ग एक इक्के पर तय करते हुए, पैदा हुआ।

---

* अश्क जी के प्रसिद्ध नाटक-संग्रह 'आदि मार्ग' की भूमिका।

किसी ज़रूरी काम से मैं लाहौर जा रहा था। प्रीत नगर से मील-डेढ़ मील चलकर लोपोके से इक्का मिलता था। इक्का भरा हो तो कोई बात नहीं, एक सवारी की जगह तत्काल मिल जाती थी; ख़ाली हो तो कई बार घंटों रुकना पड़ता था। यू.पी. वाले पंजाबी इक्के की कल्पना नहीं कर सकते। यहाँ का नवाबी-इक्का ऐसे लगता है जैसे बुर्क़ा घोड़े के बल पर उड़ा जा रहा हो और पंजाबी इक्का, जैसे छोटे-मोटे मकान को पहिये लग गए हों। बुर्क़े में क्योंकि एक ही आदमी (औरत) की गुंजाइश होती है, इसलिए इधर के इक्के में एक ही आदमी आराम से बैठ सकता है, यों बैठने को तो तीन-चार भी लटके चले जाते हैं, पंजाबी इक्के में साधारणतः पाँच-छह आदमी बैठते हैं, लेकिन पुलिस का डर न हो अथवा देहात का रास्ता हो तो इक्के वाले दस-दस सवारियाँ भर लेते हैं।

इक्का मुझे लोपोके में मिल गया, परन्तु ख़ाली था। उसके भरने की राह देखने का समय मेरे पास न था, इसलिए मैंने इक्के वाले से कहा कि वह और सवारियाँ न देखे, रास्ते में यदि मिल जाएँ तो ले ले नहीं पूरे इक्के के पैसे मैं दे दूँगा।

आश्वस्त होकर इक्केवाले ने लगाम का सिरा हवा में घुमाते हुए टिटकारी भरी। लेकिन अभी घोड़ा हिला भी न था कि गाँव से दो मुसलमान बूढ़ियाँ हाय तोबा मचाती और इक्केवाले को आवाज़ें देती भागी आईं। पास आने पर उन्होंने बताया कि उनके लिए इसी घड़ी गाँव से चलना अति-अनिवार्य है, कि गाँव का दाना-पानी उनके लिए हराम हो गया है, कि इक्के वाला उन्हें ले जाएगा तो उसका सवाब (पुण्य) होगा।

इक्के वाले ने मेरी ओर देखा। मैंने कहा, "बैठा लो। पीछे बैठ जाएँगी, इक्का भी 'उलार'* न होगा।"

वह बात क्या थी जिसके कारण उन बूढ़ियों के लिए लोपोके का दाना-पानी हराम हो गया था, मुझे यह पूछने की ज़रूरत नहीं पड़ी। इक्के की पिछली सीटों पर आमने-सामने बैठते ही उन्होंने कोसनों और गालियों का जो सिलसिला

---

* आगे को।

प्रारम्भ किया, उससे मुझे पता चल गया कि एक बुढ़िया अपने बड़े लड़के के यहाँ किसी उत्सव पर लोपोके गई थी और अपने साथ अपनी ख़ाला-ज़ाद बहन को भी लेती गई थी। अपनी बड़ी बहू के दुर्व्यवहार से तंग आकर वह उत्सव को बीच में ही छोड़, लड़-लड़ाकर चली आई थी और अपनी बहन को भी साथ लेती आई थी। दस मील की यात्रा का एक-तिहाई भाग उसने अपने बड़े लड़के और बड़ी बहू को गालियाँ देने में गुज़ारा। सास होने के नाते, अपने बेटे और बहू से उसकी वही शिकायतें थीं, जो पुरातन काल से कर्कशा और ईर्ष्यालु सासों को होती आई हैं।

फिर जब उसके मन का उबाल कुछ शान्त हुआ तो उसने अपनी उस ख़ाला-ज़ाद बहन को अपनी दुख-गाथा सुनानी प्रारम्भ की (पहले कितनी बार सुनाई होगी, इसका ब्योरा मेरे पास नहीं है) और मुझे पता चला कि किस प्रकार पति के मर जाने पर उसने स्वयं मेहनत मजूरी करके अपने तीनों बच्चों को पाला...किस प्रकार बड़ा बेटा उस 'कमीनी' बहू के आते ही अलग हो गया...किस प्रकार उसने अपनी आशाएँ मँझले पर केन्द्रित कीं, किन्तु उस बड़े को देखकर वह भी विवाह के पश्चात अलग हो गया...तब बुढ़िया कई मील तक मँझले लड़के और उसकी बहू को गालियाँ देती रही। अन्त में उसने अपने छोटे लड़के का ज़िक्र आरम्भ किया कि वह कितना सुशील, समझदार और आज्ञाकारी है। ख़ुदा के बाद यदि वह किसी पर यक़ीन रखता है तो वह उसकी वही माँ है। अपने छोटे लड़के के गुणों का बखान करते-करते वृद्धा की वाणी की कर्कशता एक विचित्र आर्द्र-तरल-स्निग्धता में परिणित हो गई। अपनी मैली ओढ़नी से अपनी नाक साफ़ करते हुए अन्त में उसने सजल वाणी में कहा कि बस वह तो ख़ुदा से दिन-रात ही दुआ करती है कि उसके बच्चे का घर बस जाए तो उसके मन को भी सुख-शान्ति मिले।

उसकी इस आकांक्षा को सुनकर मैं मन-ही-मन हँसा। उसका वह सुख-शान्ति का अरमान ऐसा था जिसका पूरा होना उस परिस्थिति में नितान्त असम्भव था। निश्चय ही वह तीसरे बेटे का विवाह करेगी, मैंने सोचा, उसी अरमान और चाव से जिसके साथ उसने पहले दो पुत्रों का विवाह रचाया

था, परन्तु उसका वह तीसरा पुत्र अपने भाइयों के पद-चिह्नों पर न चलेगा, इसकी कोई सम्भावना न थी, क्योंकि उस बुढ़िया के रहते किसी बहू का उसके घर रहना उतना ही असम्भव था जितना किसी बहू की उपस्थिति में उसका रहना। —उसकी वह आकांक्षा मुझे मानव की उस छली आकांक्षा का प्रतीक लगी जो कभी पूरी नहीं होती।

उस यात्रा के बाद इक्के का वह सफ़र, वह बुढ़िया, उसकी बातें, उसकी वह कमी न पूरी होने वाली आकांक्षा, मेरे मन-मस्तिष्क में घूमती रही। मेरा विचार उस पर कहानी लिखने का था, परन्तु फिर अपने आसपास कुछ ऐसे पात्र मिल गए, जिनकी आकांक्षा भी, उस वृद्धा की अभिलाषा की भाँति कभी न पूरी होने वाली थी। तब मैंने उस मूलभूत विचार में ये नये पात्र फ़िट कर दिये और 'छठा बेटा' तैयार हो गया।

गत वर्ष 'छठा बेटा' इलाहाबाद यूनिवर्सिटी तथा बीकानेर में खेला गया है। मुझे प्रसन्नता है कि दोनों जगह बड़ा सफल हुआ। इलाहाबाद में तो दर्शक (जिनमें स्वयं लेखक भी था) हँसी के मारे लोट-पोट हो गए। नृत्य और गान के अभाव में भी व्यावसायिक रंगमंच पर यह कितना सफल हो सकता है, इसका भी पता चला।

5, ख़ुसरो बाग़ रोड
3, 3, 52

उपेन्द्रनाथ 'अश्क'

विवेचन

पाँच अंकों का लम्बा ऐतिहासिक नाटक 'जय पराजय' लिखने के बाद अश्क जी ने लिखा था कि उस तरह का कदाचित् वह उनका पहला और अन्तिम नाटक हो। कारण स्पष्ट करते हुए उन्होंने लिखा था कि आज मशीनी युग के व्यस्त जीवन में, न हमारे पास उतने लम्बे नाटक खेलने का अवकाश है, न उन्हें देखने का और नाटक मुख्यतः देखने की ही चीज़ है और 'जय पराजय' के बाद अश्क जी ने 'स्वर्ग की झलक' लिखा जो ऐतिहासिक ऊहापोह न था, बल्कि एक सीधा-साधा सामाजिक व्यंग्य-नाटक था। अभिनय की दृष्टि से भी उसका ड्यूरेशन चार या पाँच घंटे न होकर केवल डेढ़-दो घंटा था।

लेकिन जहाँ तक नाटक की अभिनेयता का सम्बन्ध है, अपने प्रस्तुत नाटक 'छठा बेटा' में अश्क जी 'जय पराजय' और 'स्वर्ग की झलक' से एक पग आगे बढ़े हैं। 'जय पराजय' तो ख़ैर पुरानी शैली का नाटक है—पाँच अंक; प्रत्येक अंक में पाँच-पाँच दृश्य; और संकलन-त्रय रहित (समय, स्थान तथा अभिनय की इकाइयाँ न उसमें सम्भव हैं, न अभीष्ट) किन्तु 'स्वर्ग की झलक' में भी जो आधुनिक शैली का ख़ासा मनोरंजक और सन्तुलित नाटक है, नाटकीय रचना की उपर्युक्त तीनों इकाइयाँ पूर्ण रूप से सम्पादित नहीं हो पाईं।

प्रस्तुत नाटक 'छठा बेटा' इस दृष्टि से पूर्णरूपेण सफल है। एक ही बरामदे में पूरा नाटक खेला जा सकता है। उसकी अवधि भी उतनी ही है।

उतनी ही अवधि और केवल उस बरामदे भर स्थान में ही बसन्तलाल, उनके मित्र दीनदयाल, दूर के भाई चाननराम और पंडित जी के छहों बेटों का सम्पूर्ण चित्र उनके पूरे विवरण (details) के साथ अत्यंत सफलतापूर्वक उपस्थित कर दिया गया है।

हिन्दी में इस ढंग के और नाटक न हों, यह बात नहीं। काट-छाँट कर वे रंगमंच पर खेले जाने योग्य भी बनाए जा सकते हैं, परन्तु उनके सम्बन्ध में सबसे बड़ी शिकायत यह है कि पढ़कर उनसे आनन्द नहीं उठाया जा सकता। [पृथ्वीनाथ शर्मा के 'दुविधा', 'अपराधी' आदि; सेठ गोविन्ददास के 'दलित कुसुम', 'कर्तव्य', 'कुलीनता' आदि; पं. लक्ष्मीनारायण मिश्र के 'आधी रात', 'सन्दूर की होली' इसी प्रकार के नाटक हैं। गोविन्द वल्लभ पंत के नाटक 'वरमाल', 'राजमुकुट', 'अंगूर की बेटी' अपवाद हैं।] इसके विपरीत 'छठा बेटा' पूर्णतया अभिनेय तो है ही, साथ ही इसमें यह गुण भी विद्यमान है कि यह जैनेन्द्र जी के शब्दों में 'सुपाठ्य' भी है—अर्थात् इसे आप एक रोचक कहानी की तरह रसपूर्वक, बिना ऊबे पढ़ सकते हैं और उतना ही आनन्द प्राप्त कर सकते हैं, जितना शायद आप इसे देखकर प्राप्त करते। और यह लेखक की बहुत बड़ी सफलता है कि उसका नाटक उपर्युक्त दोनों बाँके-तिरछे गुण पूरी मात्रा में अपने अन्दर रखता है।

इस सम्बन्ध में थोड़ा और आगे बढ़ते हुए मैं यह स्पष्ट कर देना चाहता हूँ कि एक सफल अभिनेय नाटक (या अधिक प्रचलित शब्दों में 'रंगमंच पर जमने वाले नाटक') के लिए यह आवश्यक नहीं है कि वह पढ़ने में भी उतना ही रोचक और सुन्दर हो। इस प्रकार के नाटक की पांडुलिपि ऐसी भी हो सकती है कि आप यदि उसे पढ़ने बैठें तो शायद एक पृष्ठ के आगे ही न पढ़ पाएँ। अपनी बात की पुष्टि के लिए मैं श्री बलराज साहनी द्वारा लिखित और निर्देशित नाटक 'जादू की कुर्सी' का उल्लेख करूँगा! जिन्होंने यह नाटक देखा है, वे इस बात से तो इनकार न कर सकेंगे कि राजनीति को छोड़ें तो, अभिनय तथा कला की दृष्टि से यह एक अत्यंत सफल नाटक है और आदि से अन्त तक दर्शकों को अपनी ओर आकर्षित रखता है। किन्तु इस नाटक

की पांडुलिपि में वह आकर्षण नहीं। ठहाका तो दूर रहा, होंठों पर मुस्कराहट तक नहीं आती। बहुत-सी बातें, जो श्री बलराज ने अपने अभिनय द्वारा पैदा की हैं, उनका पांडुलिपि में कोई आभास तक नहीं है। 'जादू की कुर्सी' अभिनय की दृष्टि से कितना भी सफल और मनोरंजक क्यों न हो, सुपाठ्य नहीं—'सिविक लिबर्टी' और 'सिविल लिबर्टी' को 'सिवि—क लिबर्टी' और 'सिवि—ल लिबर्टी' कहकर श्री बलराज ने बार-बार लोगों को हँसाया, पर मसौदे में 'सिवि—क लिबर्टी' और 'सिवि-ल लिबर्टी' किसी प्रकार का हास्य उत्पन्न नहीं करते। यही हाल अधिकांश संवादों का है। जिन संवादों को अपने अद्वितीय ढंग से अदा करके श्री बलराज ने जनता को हँसाकर लोट-पोट कर दिया, वे अपने में विरस और सपाट हैं।

लेकिन 'छठा बेटा' ऐसा नाटक नहीं। वह रंगमंच की दृष्टि से भी सफल है और अपने लिखित रूप में भी आपका पूरा-पूरा मनोरंजन करने में समर्थ है। वह बहुत कुछ शॉ, मॉहम, वाइल्ड, बैरी आदि के नाटकों जैसा है, जो दुधारी तलवार हैं—पढ़े जाने पर भी तेज़, पैने व अचूक और खेले जाने पर भी। श्री बलराज साहनी के नाटक की तरह इसका लिखित संस्करण कमज़ोर नहीं है।

इस साफल्य की प्राप्ति के लिए अश्क जी ने अपने तरकश के सभी अचूक तीर छोड़े हैं—प्रारम्भिक पकड़, हास्य-व्यंग्य, चरित्र-चित्रण, संवाद, कहानी, नाटकीयता और आकस्मिक समाप्ति। और यही कारण है कि कुल मिलाकर यह नाटक, नाटकीय-कला-कौशल की एक अपूर्व कृति हो गया है।

नाटक प्रारम्भ होते ही शिथिल और ऊबा देने वाली चाल से नहीं चलता, बल्कि बहुत शीघ्र गति पकड़ लेता है। नाटक की इस प्रारम्भिक पकड़ में, अश्क जी 'स्वर्ग की झलक' की अपेक्षा 'छठा बेटा' में अधिक सफल हुए हैं। दर्शकों (या पाठकों) के ध्यान को अपनी ओर आकर्षित कर नाटक क्षिप्र-गति से आगे बढ़ता जाता है। कहीं रुकता, उलझता या ठहरता-सा प्रतीत नहीं होता। नाटक के आरम्भ होते ही हम नाटकीय कार्य-व्यापार और पात्रों के साथ आगे बढ़ते चले जाते हैं।

रहा हास्य-व्यंग्य तो यह क्षेत्र अश्क जी का अपना क्षेत्र है। उनके एकांकी

नाटक 'जोंक', 'आपसी समझौता', 'चमत्कार', 'तौलिये', 'अंजो दीदी', उच्च कोटि का हास्य प्रस्तुत करते हैं; 'अधिकार का रक्षक', 'बहनें', 'विवाह के दिन', 'भँवर' में व्यंग्य का जबरदस्त पुट है।

लेकिन इन नाटकों और 'छठा बेटा' में, हास्य-व्यंग्य की दृष्टि से बहुत बड़ा अन्तर है। एक साथ इतना अधिक हास्य अश्क जी ने अपने किसी नाटक में प्रस्तुत नहीं किया। नाटक के आरम्भ से ही धीरे-धीरे हास्य की अवतारणा शुरू हो गई है। आरम्भ में रंगमंच निर्देश की सूचनाएँ हल्के से व्यंग्य का पुट लिये हुए हैं। डॉक्टर हंसराज जब कहते हैं, 'मैं डॉक्टर हूँ, मेरी पोजीशन है' तो उसके पहले ब्रैकेट में लिखा है (जैसे वे डॉक्टर विधानचन्द्र राय से क्या कुछ कम हैं); जब गुरु अपने बाप की आलोचना करता है, 'वे मूँछें रखते हैं जिन पर नीबू टिक सके और हमारे ऐसा भी मालूम नहीं होता कि दैव ने उन्हें कभी पैदा भी किया था...' तो चचा चाननराम हँसते हैं। ब्रैकेट में लिखा है ('तुम अभी बच्चे हो, तुम्हारी यह चंचलता क्षम्य है', के से भाव से) देव की हँसी की उपमा 'शरद के पीले-से सूरज की हँसी' से देकर उस ग़रीब क्लर्क की ज़िन्दगी और उसकी थकन को व्यक्त कर दिया है। कैलाशपति के सम्बन्ध में लिखा है, 'कैलाश के पति में और इनमें इतना हो अन्तर है कि यह तीसरी आँख से नहीं देखते' फिर जब पंडित बसन्तलाल के नाम तीन लाख की लॉटरी आ जाती है तब डॉक्टर हंसराज के विनम्र ख़ुशामदी भाव का ख़ाका इन सुन्दर शब्दों में खींचा है—'सामने कुर्सी पर डॉक्टर हंसराज बैठे हैं और आकृति उनकी उस कुत्ते की सी बनी हुई है जो मालिक को खाना खाते देखकर दुम हिलाता हुआ, विनम्र, ख़ुशामदी, लालसा भरी दृष्टि से तकता हुआ, घुटने टेककर बैठ जाता है कि तनिक मालिक का ध्यान हो तो दुम हिलाए। उसमें और इनमें अन्तर मात्र इतना ही है कि इनके दुम नहीं जिसे ये हिला सकें।'

ये और रंचमंच-निर्देश की अन्य सूचनाओं में ऐसे अनेक स्थल अनायास ही हमारे होंठों पर मुस्कराहट की रेखाएँ दौड़ा देते हैं। ये मुस्कराहट की रेखाएँ संवादों तक पहुँचते-पहुँचते हँसी का रूप धारण कर लेती हैं। और अभिनय-स्थलों पर पहुँचकर तो दर्शक ठहाके के मारे कुर्सियों से उछल पड़ते

हैं। नाटक में ऐसे संवाद तथा अभिनय स्थलों की कमी नहीं।

आरम्भ में जब पाँचों बेटे अपने पिता को अपने पास रखने में असमर्थता प्रकट करते हैं और उनके बड़े बेटे डॉ. हंसराज खीजते हैं कि पिताजी को आटा लाने के लिए दस का नोट क्यों दिया गया, कि उनके पिता पंडित बसन्तलाल नशे में धुत्त, आटे के बदले लॉटरी का टिकट ख़रीद लाते हैं और डॉक्टर साहब अपनी पत्नी पर झल्लाते हैं कि उसने उन्हें दस का नोट क्यों दिया—लेकिन जब उसी टिकट के कारण लॉटरी या जाती है, कमला सादगी से कहती है—'वे रुपये तो हमारे थे, लॉटरी का रुपया तो हमें मिलना चाहिए।' और डॉक्टर साहब विवशता से उत्तर देते हैं—'पर डरबी वाले तो यह बात नहीं जानते!' फिर राय साहब चम्पाराम वाला किस्सा; दीनदयाल का पंडित जी के जोर देने पर शराब का गिलास ख़ाली करके रूमाल से मुँह साफ़ करके कहना, 'तुम्हें तो पता है, मैं रवि और मंगल के दिन नहीं पीता' और इस पर पंडित बसन्त लाल का लड़कों को सुनाकर कहना, 'और यह कमबख़्त कहते हैं कि तुम शराबी हो, देखो कितना संयम है दीनदयाल में! यह रवि और मंगल के दिन नहीं पीता, यह इस युग का राजा जनक है।' ये और अन्य कई ऐसे प्रसंग हमें हँसने पर विवश कर देते हैं। साथ ही हमें लेखक की उस बारीक नज़र का भी कायल होना पड़ता है जो इस मशीनी-युग के तल्ख़ और संघर्षमय व्यस्त जीवन के अन्दर भी ऐसे हास्यपूर्ण प्रसंग ढूँढ़ लाती है...और इन सब प्रसंगों के ऊपर देव, कैलाश आदि को घुटे सिर व खड़ी चोटी लिये रंगमंच पर प्रवेश करते देख हम खिलखिलाए बिना नहीं रह सकते। और जब सिर घुटाए व जाँघिया पहने, तेल की मालिश से शरीर चमकाए नाजुक कवि हरेन्द्र और भावी आई. सी. एस. गुरु रंगमंच पर आते हैं तो फिर हँसी का तूफ़ान बरपा हो जाता है। उसके बाद उसी धजा में उन लोगों को, दौड़कर चिलमें भरते हुए, पंडित जी से पंजा लड़ाते हुए, झुककर शराब के गिलास पकड़ाते हुए, पंडित जी की 'हाँ' में बड़े हास्यास्पद तौर पर 'हाँ' मिलाते हुए, और (अपने सिद्धान्तों के विरुद्ध) चचा चाननराम के पाँव छूते हुए देखकर तो कुर्सी पर बैठे रहना मुश्किल हो जाता है।

चरित्र-चित्रण की दृष्टि से, जैसा कि मैंने पहले कहा, अश्क जी ने पंडित बसन्तलाल, डॉ. हंसराज और माँ के चरित्र अत्यन्त सुलझे रूप से पेश किये हैं। यह बात नहीं कि शेष चार भाइयों, चचा चाननराम और कमला के चरित्रों की लेखक ने नितान्त उपेक्षा की है—उन्हें भी अपने ब्रश के चन्द हल्के स्पर्शों से स्पष्ट कर अश्क जी ने अन्त तक निभाया है, किन्तु पहले चार पात्रों के साथ उन्होंने अधिक श्रम किया है अधिक बारीकी से काम लिया है। अपने उपन्यास 'गिरती दीवारें' में भी अश्क जी ने शराबी पिता का चरित्र उपस्थित किया है, किन्तु वह चरित्रांकन इतना सुन्दर और सुघड़ नहीं हो पाया जितना 'छठा बेटा' के शराबी पिता का। 'गिरती दीवारें' का शराबी पिता क्रूर है, लेकिन 'छठा बेटा' का शराबी पिता शराबियों के समस्त गुण-दोषों से युक्त है। वह क्रूर भी होगा (हालाँकि प्रस्तुत नाटक में उसकी क्रूरता का कोई उदाहरण नहीं मिलता) लेकिन शराबी की उदारता, सहृदयता, भावुकता, रुपया उड़ाने की क्षमता और मस्ती पूरे तौर पर चरित्र में विद्यमान है। पंडित बसन्त लाल का चरित्र ऐसा खरा, सुन्दर और सहानुभूतिपूर्ण उतरा है कि अश्क जी को दाद देने को जी चाहता है।

समय-साधक मित्र के रूप में (जो साधारणत: शराबियों के साथ लगे रहते हैं) दीनदयाल का चरित्र अत्यन्त यथार्थ है। उनके अनुमान (Calculations) बहुत सच्चे हैं। मानव-हृदय का तथा उनके मनोविज्ञान का इतना गूढ़ अनुभव यदि अश्क जी को न होता तो कदाचित् वे चित्रों में इतना वास्तविक रंग न भर सकते। ऐसे चरित्र-चित्रण केवल कल्पना ही के बल पर नहीं किये जा सकते।

रही माँ, तो शायद नाटककार की संवेदना सबसे अधिक उसी को मिली है। केवल यही एक पात्र है जो नाटक के हास्य में गाम्भीर्य की रेखा खींचता चला जाता है। अन्त के दृश्य में तो माँ की व्यथा अनायास हृदय को छू लेती है।

संवाद लिखने में अश्क जी को कमाल हासिल है, यह बात मैं फिर दोहराना चाहूँगा। 'छठा बेटा' के संवाद बेजोड़ हैं। उनके कारण पात्रों का चरित्र-चित्रण अधिक निखर गया है। साथ ही हास्य-रस के प्रतिपादन में भी उन्होंने पूरी सहायता की है। संवाद अत्यन्त स्वाभाविक, रोचक, चुटीले और

गतिशील है। संवादों की चुस्ती और उनके अन्दर निहित वाक्-वैदग्ध्य ही के कारण नाटक में अपूर्व गति है और वह कहीं रुकता-सा दर्शकों को उँघाने वाला नहीं सिद्ध होता है।

लेकिन संवाद चरित्र-चित्रण और अभिनय स्थल जिस ढाँचे को पुष्ट करते हैं, उसकी बनावट में भी लेखक ने चतुराई से काम लिया है। कथानक की दृष्टि से देखा जाए तो यह पूरा का पूरा नाटक इल्यूयन (illusion) है। यथार्थ-जीवन में बहुत ही कम ऐसा होता है कि किसी व्यक्ति को तीन लाख की लॉटरी मिल जाए; तब उसके पुत्र गिरगिट की तरह थोड़ी देर के लिए रंग बदल दें; फिर पिता से रुपया झटककर पूर्ववत हो जाएँ। लेकिन ऐसा हो सकता है; नाटक में वर्णित घटनाएँ सम्भव हो सकती हैं, यह बात निर्विवाद है और मानव की सहज-स्वार्थ-भावना को लक्षित करती हैं। उसमें अतिरंजना हो सकती है, (जो हास्य के लिए ज़रूरी है) पर वह आधारभूत सचाई को नहीं झुठलाती। अश्क जी कथानक की इस कमज़ोरी को जानते थे। इसी कारण उन्होंने अत्यन्त चतुराई से कथा के प्रमुख अंश को स्वप्न का रूप दे डाला और नाटक को इस कमज़ोरी से मुक्त कर दिया। अब नाटक की कथा असम्भव नहीं लगती, क्योंकि वह स्वप्न में घटती है। और स्वप्न प्राय: इस प्रकार के भी होते हैं, बल्कि इससे भी अजीबोग़रीब तक होते हैं। पंडित बसन्तलाल का इस प्रकार का स्वप्न देखना तनिक भी अस्वाभाविक नहीं प्रतीत होता।

विश्लेषणात्मक दृष्टि से देखने पर यह चीज़ भी स्पष्ट हो जाती है कि पंडित बसन्तलाल का स्वप्न में अपने छठे बेटे की वापसी देखना उनके अवचेतन मन की इच्छाओं का अमूर्त रूप है। जीवन में जिन वस्तुओं अथवा प्रिय व्यक्तियों को पाने की इच्छा प्राय: हमारे अवचेतन मन में दबी-छिपी रहती है, हमारे स्वप्नों में वे ही वस्तुएँ अथवा व्यक्ति प्राय: अपने धुँधले रूप में हमारे सम्मुख या उपस्थित होते हैं और हमें ऐसा भास होने लगता है, जैसे हमने उन्हें सचमुच ही छिपा लिया है। अपने छठे बेटे दयालचन्द द्वारा सुख-प्राप्ति की अतृप्त इच्छा पंडित जी के अवचेतन मन में छिपी हुई थी। वही इच्छा अमूर्त रूप में स्वप्नद्वारा साकार होकर थोड़ी देर के लिए पंडित जी को वह सुख

पहुँचा देती है जिसकी आकांक्षा पंडित जी को अपने यथार्थ जीवन में थी। और पंडित जी को (स्वप्न में ही सही) वह सुख मिल जाता है, जो उन्हें जीवन में कभी न मिल सकता था; क्योंकि दयालचन्द यदि लापता न भी होता और बराबर उनके सामने ही बना रहता, तो वह भी अन्त में अपने अन्य भाइयों की तरह अपने पिता की ओर से मुँह मोड़ लेता और पुत्रों की इस उपेक्षा के उत्तरदायी पंडित बसन्तलाल स्वयं ही हैं। वे कुछ ऐसे बेढब आदमी हैं; और उनकी आदतें इतनी विचित्र तथा दूसरों को परेशान व अपमानित करने वाली हैं कि कोई भी सभ्य और इज़्ज़तदार व सचेतन पुत्र उन्हें अपने साथ नहीं रख सकता, चाहे दिल में वह उन्हें कितना भी प्यार क्यों न करता हो। छठा बेटा दयालचन्द भी उनकी अनियंत्रित और विचित्र ढंग की 'सभ्य आदतों' से बहुत शीघ्र उकता जाता और अपने भाइयों की तरह स्पष्ट कह देता कि मैं 'पिताजी के साथ एक मिनट तो क्या एक सेकेंड भी नहीं रह सकता!' लेकिन क्योंकि दयालचन्द सामने नहीं है, इस कारण पंडित बसन्तलाल अपने अवचेतन मन में इस विचार को सेए हुए हैं कि यदि उनका छठा बेटा होता तो वह अवश्य उनकी सेवा करता। जबकि यथार्थ में यह बात नहीं है। सूक्ष्म हेत्वाभास (Subtle fallacy) ही इस नाटक का आधारभूत तत्त्व है। छठा बेटा मानव की उस आकांक्षा का प्रतीक है जो कभी पूरी नहीं होती।

अश्क जी बहुत सतर्क कलाकार हैं। उनकी रचना में लापरवाही या 'टालने का भाव' कहीं भी नहीं दीख पड़ता। अपने आलोचकों को उँगली उठाने का अवसर वे कहीं भी नहीं देना चाहते। प्रस्तुत नाटक में भी उन्हें यह ध्यान बराबर है कि कथानक का मुख्य भाग पंडित जी के स्वप्न के रूप में रंगमंच पर उपस्थित किया जा रहा है और वे इस बात को भी जानते हैं कि स्वप्न कभी स्पष्ट और क्रमपूर्ण नहीं होता, बल्कि हमेशा धुँधला (Vague) और अस्पष्ट-सा होता है। कहीं पर बहुत चटक और कहीं अत्यन्त 'आउट ऑफ फ़ोकस'। रंगमंच टेकनीक का भी उन्हें अपने आलोचकों से अधिक ज्ञान है। और यही कारण है कि उन्होंने नाटक का अन्तिम दृश्य छायाओं रूप में प्रस्तुत किया है। क्योंकि स्वप्न बराबर जारी है और अब समाप्ति पर है, इस

कारण वह धुँधला और अस्पष्ट-सा पड़ने लग जाता है। व्यक्ति नहीं, बल्कि छाया-मूर्तियाँ अब स्वप्न में घूमने-फिरने लगती हैं और केवल उनके स्वर से ही अनुमान किया जा सकता है कि यह अमुक-अमुक व्यक्ति हैं। अश्क जी के इस अपूर्व नाटकीय कौशल (Stage craft) पर उन्हें बधाई देने की इच्छा होती है। हिन्दी नाटकों में यह अपने ढंग का एक नवीन प्रयोग है।

नाटक इस छाया-मय कथा, उसे पुष्ट करने वाले हास्य व्यंग्यपूर्ण संवादों तथा अभिनय-स्थलों के बल पर बड़ी तेज़ी से चलता हुआ हमारी उत्सुकता को चर्म-बिन्दु पर ले जाकर अत्यन्त अप्रत्याशित रूप से समाप्त हो जाता है। एक बार हमें आघात सा लगता है। फिर एक लम्बी साँस कुछ सुख की, कुछ दुख की—हमारे अन्तर की गहराई से निकल जाती है और हम तरह-तरह से सोचते हुए घर चले आते हैं। पंडित बसन्तलाल अथवा उनके पुत्रों की समस्या एक न एक रूप में हमें अपनी समस्या लगती है और यही मेरे विचार में लेखक की सबसे बड़ी सफलता है।

यों 'छठा बेटा' का एक सुनिश्चित रूप है। ब्लाटिंग पर फैली स्याही की बूँद की तरह उसका ख़ाका नहीं है। उसका चित्र बन सकता है। उसमें आरम्भ, गति, संघर्ष, क्लाइमेक्स—नाटकीय कार्य-व्यापार की सभी अवस्थाएँ पाई जाती हैं।

'छठा बेटा' के बाद अश्क जी ने और भी अधिक प्रौढ़ और सशक्त नाटक 'आदि-मार्ग', 'अंजो दीदी', 'भँवर', 'कैद', 'उड़ान' आदि लिखे हैं, किन्तु जहाँ तक हास्य और गाम्भीर्य के सम्मिश्रण का प्रश्न है, उनकी प्रतिभा 'छठा बेटा' को नहीं छू सकी है।

सत्येन्द्र शरत्

16 पार्क रोड
इलाहाबाद
दिसम्बर 23—49

छठा बेटा

पात्र

पं. बसन्तलाल	रेलवे के रिटायर्ड पदाधिकारी
डॉक्टर हंसराज	
हरिनाथ (हरेन्द्र)	
देवनारायण	पंडित बसन्तलाल के छह लड़के
कैलाशपति	
गुरुनारायण	
दयालचन्द	
माँ	पंडित बसन्तलाल की पत्नी
कमला	पंडित जी की बहू, डॉक्टर हंसराज की पत्नी
दीनदयाल	पंडित जी का मित्र
चाननराम	दूर के रिश्ते में पंडित जी का भाई
हरचरण	नौकर
मुंडू	

दृश्य 1

[डॉक्टर हंसराज का मकान (जो वास्तव में डॉ. हंसराज का किराये का मकान है) कुछ इतना बड़ा नहीं। पूरा मकान भी यह नहीं। एक बड़ी इमारत का केवल एक भाग है—तीन कमरे हैं (यद्यपि शब्द 'कमरे' उन 12×11 फुट की दो, तथा 10×8 फुट की एक कोठरी के लिए अधिक आदर-सूचक प्रतीत होता है।) एक स्नानगृह है (जो सीढ़ियों के नीचे बच जाने वाली छोटी-सी जगह में, तख़्ता रूपी किवाड़ लगाकर बना दिया गया है और जहाँ नहाने में दक्ष होने के लिए कुछ दिन अभ्यास करना अनिवार्य है।) इसी स्नानगृह के साथ छोटा-सा रसोईघर है—बस यही साढ़े तीन अथवा पौने चार कमरे डॉ. हंसराज के इस मकान में हैं।

ऐसे ही चार भाग इस इमारत में और हैं। पूँजीवादी मनोवृत्ति से विपन्न कृषकों को बचाने के लिए, जब पंजाब सरकार ने साहूकारा-बिल की कैंची का

आविष्कार किया और चाहे अस्थायी रूप ही से हो, किसानों के फंदे काट दिये, तो उस मनोवृत्ति ने नये फंदे ढूँढ़ निकाले। यद्यपि इन फंदों के शिकार अब कृषक न होकर निम्न-मध्यवर्ग के नागरिक थे। इन्हीं फंदों को मध्यवर्गीय शिक्षित समुदाय की भाषा में पोर्शन्ज़ (Portions) अर्थात् बड़ी इमारतों के किराये पर चढ़ाए जाने वाले भाग कहा जाता है। और पंजाब की राजधानी में ऐसी इमारतों की कमी न थी, जिनमें ऐसे दस-दस फंदे निर्मित थे।

पर्दा डॉ. हंसराज के मकान, अर्थात् पोर्शन के बरामदे में खुलता है। बरामदा भी इस पोर्शन के अनुरूप ही है। रसोईघर तथा स्नानगृह इसके दाईं ओर को हैं, सामने 12×11 फुट के दो कमरे हैं, जिनका एक-एक दरवाज़ा बरामदे में खुलता है। इन दोनों सामने के कमरों में से दाएँ हाथ के कमरे और स्नानगृह के मध्य एक मार्ग है, जो इमारत के दूसरे पोर्शनी के पास से होता हुआ इमारत के बड़े दरवाज़े को जाता है। 12×8 फुट का कमरा बरामदे के बाईं ओर को है, और आजकल वह डॉ. साहब के सबसे छोटे भाई गुरु की अध्ययनशाला का काम दे रहा है। रसोईघर का और इसका दरवाज़ा आमने-सामने हैं।

यह बरामदा घर में एक महत्त्व का स्थान रखता है और प्रायः इससे खाने, बैठने और सोने के कमरों का काम लिया जाता है। बरामदा डाइनिंग रूम है—इसका प्रमाण रसोईघर से तनिक हटकर बिछी

हुई दो चटाइयाँ देती हैं, जिन पर घर के सब लोग बैठकर अपनी बारी से खाना खाते हैं, किन्तु जिस पर इस समय (मैदान खाली देखकर) गणेशवाहन श्री मूषक जी महाराज मटरों अथवा टमाटरों पर दाँत तेज़ कर रहे हैं। ड्राइंग-रूम अर्थात् बैठने के कमरे के नाते एक बैत का हल्का-सा मेज़ और बैत ही की दो कुर्सियाँ बरामदे के मध्य पड़ी हैं। मेज़ पर एक कलम-दवात भी रखी है। स्लीपिंग रूम—सोने के कमरे—के नाम पर तनिक बाईं ओर को हटकर, गुरु के कमरे के समीप, एक चारपाई बिछी हुई है।

समय क्या है, इसका अनुमान ही लगाया जा सकता है। बात यह है कि अपने समस्त महत्त्व के होते इस बरामदे को अभी तक एक क्लॉक भी प्राप्त नहीं हुआ और जो छोटा टाइमपीस गुरु की अध्ययनशाला में मेज़ पर टिक-टिक किया करता है, उसकी आवाज़ यहाँ सुनाई नहीं देती। इसलिए समय का पता रसोईघर से आने वाली सुगन्धि, अथवा मेज़-कुर्सियों से लेकर चारपाई तक एक बड़ी-सी तिकोन बनाने वाली धूप ही से लगाया जा सकता है।

लेकिन फ़रवरी का आरम्भ है, इसलिए धूप पर विश्वास नहीं किया जा सकता है। दिन बड़े हो रहे हैं, जहाँ धूप आने पर पहले दस बजते थे, अब वहाँ आठ बजे ही धूप आ जाती है, इसलिए इस ओर से निराश होकर हमें रसोईघर की ओर नाक तनिक फुलाकर सूँघने का प्रयास करना होगा। पकती

हुई सब्ज़ियों की सुगन्धि धूप की पार्श्व-भूमि के साथ बता रही है कि अभी नौ, पौने नौ से अधिक समय नहीं हुआ।

बरामदे में इस समय निस्तब्धता छाई हुई है। वास्तव में आज गुरु की पहली दो घंटियाँ ख़ाली हैं और वह अपने कमरे में अध्ययन कर रहा है, नहीं तो इस समय तक वह आकाश-पाताल एक कर दिया करता है और बेचारे बरामदे के फ़र्श को, जो अहिंसा के मामले में सोलहों आने महात्मा गांधी का अनुयायी है, कई बार उसके पदप्रहार, अथवा यो कहिए कि बूटप्रहार सहन करने पड़ते हैं। डॉक्टर साहब भी, जो इस समय तक—"मैं कहता हूँ, मैंने एक पेशेंट को समय दे रखा है"; "कभी समय पर खाना मुझे मिलेगा या नहीं" अथवा "जल्दी करो नहीं तो बिना खाए मैं चला जाऊँगा" आदि वाक्यों के गोले रसोईघर पर बरसाते हुए बरामदे में घूमा करते हैं, इस समय इमारत के बाहर चचा चाननराम के साथ घूम रहे हैं। चचा चाननराम डॉक्टर साहब के सगे चचा तो नहीं, शरीके में से हैं, लेकिन अपना कोई चचा न होने से डॉक्टर साहब और उनके सब भाई उन्हें चचा ही सा मानते हैं। इसीलिए उन पर अपना कुछ अधिकार समझते हुए, एक विशेष मिशन को लेकर वे उनके पास आए हैं और उन्हीं की ख़ातिर डॉक्टर साहब ने नौकर को दुकान पर भेज दिया है कि यदि कोई रोगी आ जाए तो उन्हें तत्काल सूचित किया जाए।

बरामदे में निस्तब्धता ऐसी है कि चटाई पर 'किट-किट' करते हुए चूहे की आवाज़ साफ़ सुनाई देती है। इस निस्तब्धता को हम उत्सुकता भरी निस्तब्धता कह सकते हैं। ऐसा मालूम होता है कि बरामदे के स्तम्भ, मेज़, कुर्सियाँ, चारपाई, यहाँ तक कि धूप भी कुछ सुनने के लिए उत्सुक है, दर्शकों की उत्सुकता भी, लगता है, क्रोध की सीमा को पहुँचा चाहती है, इसीलिए शायद डॉक्टर हंसराज चचा चाननराम के साथ इस निस्तब्धता और उत्सुकता को मिटाते हुए, स्नानगृह के पास वाले दरवाज़े से बातें करते-करते दाख़िल होते हैं।]

डॉ. हंसराज : ये सौगन्धें! *(व्यंग्य से हँसते हैं)* भूले से कही गई बात का इनसे अधिक मोल होता है।

चाननराम : मुझसे उन्होंने प्रण किया था।

डॉ. हंसराज : *(व्यंग्य से)* सौगन्ध भी खाई होगी।

चाननराम : *(चुप!)*

[चारपाई पर जाकर बैठ जाते हैं।]

डॉ. हंसराज : *(दोनों हाथ कमर पर रखकर शब्दों पर ज़ोर देते हुए)* यही तो मैं कहता हूँ। जब पहले के प्रण और सौगन्धें अभी तक पालन की बाट देख रही हैं तो ये कब पूरी होंगी।

[हँसते हैं और जैसे उन्होंने इस बात से चचा को निरुत्तर कर दिया हो, आराम से कुर्सी पर बैठ जाते हैं और टाँगें मेज़ पर रख लेते हैं।]

चाननराम : *(जो चचा हैं, आख़िर यों हारने वाले नहीं)* पर भाई, समय

भी तो अब बदल गया है।

डॉ. हंसराज : *(बेपरवाही से सिर हिलाकर, जैसे इस बात का उत्तर तो गढ़ा-गढ़ाया है)* पर स्वभाव तो समय के साथ नहीं बदलता।

[जिनकी प्रतिज्ञाओं, सौगन्धों और स्वभाव का ज़िक्र हो रहा है, वे इन डॉ. हंसराज के पिता पंडित बसन्तलाल के अतिरिक्त कोई दूसरा नहीं। अभी-अभी वे रिटायर हुए हैं और पाँच-छह सहस्र का ऋण चुकाकर प्राविडेंट फ़ंड से जो रुपया बच गया था, वह दो-चार सप्ताह ही में उन्होंने सट्टे, जुए और शराब की भेंट कर दिया है और गुरदासपुर छोड़कर यहाँ अपने बड़े लड़के के पास आ गए हैं। जीवन में दूरदर्शिता किस चीज़ का नाम है; यह उन्होंने कभी नहीं जाना। छह जिसके लड़के हों, उसे भविष्य की चिन्ता हो, इससे विचित्र बात वे और कोई नहीं समझते रहे। बड़े गर्व से सीना फुलाकर, वे मित्रों के सामने सदैव कहते आए हैं कि यदि हरेक लड़का दिन भर टोकरी ढोकर भी एक रुपया साँझ को कमा लाएगा तो छह रुपये हो जाएँगे, फिर मैं क्यों चिन्ता करूँ? लड़कों के टोकरी ढोने की नौबत नहीं आई, क्योंकि किसी-न-किसी प्रकार अपने पिता की मद्यपता के होते हुए भी उन्होंने शिक्षा प्राप्त कर ली है। डॉ. हंसराज सबसे बड़े हैं और डॉक्टर हैं। दूसरे सुपुत्र लेखक हैं—एक छोटा-सा प्रेस तथा मासिक पत्र चला रहे हैं, नाम हरिनाथ है किन्तु हरेन्द्र कहलाना अधिक पसन्द करते हैं। तीसरे देवनारायण, छावनी के डाकखाने

में काम करते हैं। चौथे अबोहर में टिकट-कलक्टर लगे हुए हैं। नाम कैलाशपति है। कैलाश के पति और इनमें इतना ही अन्तर है कि ये तीसरी आँख से नहीं देखते। पाँचवाँ गुरु है, जी. ए. में पढ़ता है। परिश्रमी है उसके बड़ा आदमी बनने के स्वप्न सब लिया करते हैं। डॉ. हंसराज, किसी आगामी सहायता के विचार से नहीं तो इसी ख़याल से—कि वे अपने रोगियों के सामने इस बात का उल्लेख बड़े गर्व-स्फीत स्वर में कर सकेंगे कि वह जो सबजज या मैजिस्ट्रेट या डिप्टी है, मेरा ही भाई है, मैंने ही उसे पढ़ाया है—अपने इस पोर्शन का 10X8 फुट का वह कमरा उसे दिये हुए हैं और उसके खाने का ख़र्च भी सहन किये जा रहे हैं। छठा और सबसे छोटा लड़का पिता के व्यवहार से तंग आकर जो भागा तो उसने चार वर्ष से कोई खोज-ख़बर नहीं दी। दो-चार गालियों के साथ—'वह साला मेरा लड़का ही नहीं'—इतना कह देने के सिवा, पिता ने उसका कभी ज़िक्र नहीं किया। भाई भी लगभग उसे भूल चुके हैं, इसलिए कि यदि वह होता तो उसकी पढ़ाई आदि की व्यवस्था भी उन्हें ही करनी होती (और यदि अब वह कहीं आ जाए तो डॉ. साहब तो इतने प्रसन्न हों कि एक दिन उनके घर खाना न पके) हाँ, माँ कभी-कभी रो लिया करती है। नाम भी भला-सा था—दयालचन्द या कृपालचन्द, किन्तु इन पाँच वर्षों में घर वालों को वह भी भूल-सा गया मालूम होता है। इसलिए दयालचन्द को (क्योंकि उसका कुछ पता नहीं) छोड़कर शेष सब टोकरी

नहीं ढो रहे, किन्तु उनके पिता को चिन्ता अवश्य करनी पड़ रही है और चचा चाननराम उनकी ही सिफ़ारिश करने आए हैं—रिटायर हो गए हैं, पास पैसा नहीं रहा। अब कहाँ रहें, यह समस्या है। चचा चाननराम का विचार है कि डॉक्टर साहब के पास ही उनका रहना श्रेयस्कर है, क्योंकि गुरुदासपुर में रहेंगे, तो उनके मित्रादि आ मिलेंगे, यहाँ रहेंगे तो कुछ सुधरे रहेंगे। परन्तु डॉक्टर साहब ने टाँगें हिलाते-हिलाते निर्णय कर लिया है और वह निर्णय चचा चाननराम को सुनाने के लिए टाँगें नीचे करके वे उठकर बैठ गए हैं।]

डॉ. हंसराज : देखिए चचाजी, मैं डॉक्टर हूँ। मेरी पोज़ीशन है। मेरे यहाँ बड़े-बड़े पदाधिकारी आते हैं। पिताजी की गुज़र यहाँ न होगी। तीन-चार दिन उन्हें यहाँ आए हुए हो गए हैं और इस बीच में मेरी रात की नींद हराम हो गई है और मैं सोचने लगा हूँ कि यदि कुछ देर और वे मेरे पास रहे तो मेरी सब प्रैक्टिस चौपट हो जाएगी। भाग्य से आज आप आ गए हैं। देव और गुरु भी यहीं हैं, हरेन्द्र को मैंने बुलवा भेजा है। कैलाश किसी समय भी पहुँच सकता है। कल उसका पत्र आया था कि वह कल प्रातः की गाड़ी से आएगा। *(कलाई पर घड़ी देखते हुए)* गाड़ी कब की स्टेशन पर पहुँच चुकी होगी और...

चाननराम : परन्तु...!

डॉ. हंसराज : परन्तु नहीं चचा जी। इस बात का निर्णय आज हो ही जाना चाहिए। मैं अपने उत्तरदायित्व से कन्नी न काटूँगा, किन्तु मेरे यहाँ सदैव के लिए उनका रहना नहीं हो सकता।

चाननराम : आख़िर...वह...

डॉ. हंसराज : *(जैसे वे डॉ. विधानचन्द्र राय से क्या कुछ कम हैं)* मैं डॉक्टर हूँ। मेरी पोज़ीशन है। मेरे यहाँ बड़े-बड़े पदाधिकारी हैं। मैं वेटिंगरूम में तिनका तक तो रहने नहीं देता *(खड़े हो जाते हैं।)* और ये कीचड़ भरे जूते लिये आ जाते हैं।

[दोनों हाथ पतलून की जेबों में डाले कुर्सी से चटाई तक और चटाई से कुर्सी तक एक चक्कर लगाते हैं—फिर रुककर]

: मैं नौकर तक को मैले कपड़े पहनकर दुकान में आने की आज्ञा नहीं देता और वे टखनों तक ऊँची धोती—वह भी आधी—मैली-सी खुले गले की कमीज़ पहने, नंगे सिर चले आते हैं और वैसे ही कौच में आकर धँस जाते हैं।

[फिर कुर्सी से चटाई तक और चटाई से कुर्सी तक चक्कर लगाने लगते हैं। गुरु अपने उसी 10 × 8 फुट के कमरे से, हाथ में एक खुली पुस्तक लिये तेज़-तेज़ दाख़िल होता है। दोनों टकराते-टकराते बचते हैं। दोनों एक-दूसरे को थामते हैं और डॉक्टर साहब कुर्सी तक अपना चक्कर पूरा करने और गुरु रसोईघर को छूने चल देता है।]

गुरु : *(रसोईघर के दरवाज़े को छूकर)* भाभी...*(दरवाज़े को खोलकर सिर अन्दर करते हुए)* मैं कहता हूँ, मेरे जाने में केवल एक घंटा रह गया है।

[कुछ क्षण उसी तरह खड़ा रहता है फिर सिर बाहर निकालकर और मुड़कर—जबकि डॉक्टर साहब

उसी तरह सिर नीचा किये, पतलून में हाथ डाले, कुर्सी से चटाई की ओर जा रहे होते हैं—]

: लीजिए, पिताजी आटे की बोरी लेने गए हैं, तो आ चुका आटा।

(बेज़ारी से सिर हिलाता है।)

[पतला-दुबला, पाँच फुट साढ़े पाँच इंच का युवक है—रंग गेहुँआ, बाल लम्बे और चमकीले, लेकिन माथा बिलकुल छोटा—खड़े कालरों वाली कमीज़ और पतलून के बावजूद, शक्ल-सूरत से ज़रा भी तो नहीं लगता कि यह डिप्टी कमिश्नर, मैजिस्ट्रेट, सब जज छोड़ मुख़्तार भी बन सकेगा। किन्तु भाग्य अपनी विभूतियाँ देते समय शक्ल-सूरत कम ही देखता है। बहुत से सुन्दर मातहत युवक इस बात को भली-भाँति समझते हैं। और इस समय तो डॉक्टर साहब भी भूल गए हैं कि उनका यह भाई कभी डिप्टी होने जा रहा है, क्योंकि वे उसकी बात का उत्तर दिये बिना फिर कुर्सी की ओर चल देते हैं जहाँ कि चचा ने इस बीच में उनकी आपत्ति का हल सोच लिया है।]

चाननराम : कपड़ों का तो हो सकता है। उन्हें तुम लोग नये कपड़े...

डॉ. हंसराज : कदापि नहीं हो सकता। सफ़ाई का स्वभाव भी दूसरी आदतों की भाँति एक समय चाहता है, बनते-बनते बनता है। उनमें और हममें आधी सदी का अन्तर है।

गुरु : *(भावी आई. सी. एस.)* वे मूँछें रखते हैं, जिन पर नीबू टिक सके और हमारे ऐसा भी मालूम नहीं होता कि दैव

ने उन्हें कभी पैदा भी किया था। वे सिर घुटाकर रखते हैं—चटियल मैदान की भाँति! और हम दो-दो महीने इस मामले में नाई को कष्ट नहीं देते, वे कमीज़ और तहबन्द पहने अनारकली में घूम सकते हैं और हम सोते समय भी सूट उतारने से हिचकिचाते हैं।

[चाननराम 'तुम अभी बच्चे हो, तुम्हारी यह चंचलता क्षम्य है', के से भाव से हँसते हैं।]

डॉ. हंसराज : *(छोटे भाई की सहायता को आते हुए)* हँसी की बात नहीं चचा जी! बचपन का स्वभाव एक दिन में नहीं बदल सकता। एक दिन में वे अपने पुराने संस्कारों को छोड़कर सभ्य समाज के शिष्टाचार नहीं सीख सकते। वे पिताओं तथा पतियों के ईश्वरीय अधिकारों *(Divine Rights)* में विश्वास रखते हैं। उनके विचार में लड़का चाहे डॉक्टर छोड़ गवर्नर भी क्यों न हो जाए, पिता से मिलने पर तत्काल उसे उनके चरणों में झुक जाना चाहिए, फिर चाहे वे बाज़ार में अथवा स्टेशन के प्लेटफ़ार्म पर ही क्यों न खड़े हों और कितने भी प्रतिष्ठित मित्र क्यों न उनके साथ हों।

गुरु : और पिता की गाली सुनकर उसे चुप खड़ा रहना चाहिए, अथवा ऐसे मुस्कराना चाहिए जैसे उस पर फूल बरस रहे हों!

चाननराम : माता-पिता की गालियाँ तो घी-शक्कर-सी मीठी होती हैं। जिसे ये नहीं मिलीं, वह जीवन में एक महान विभूति से वंचित रह गया है।

[दोनों भाई ज़ोर से क़हक़हा लगाते हैं]

चाननराम : *(अप्रकृतिस्थ हुए बिना)* प्रणाम की बात है तो भाई माता-

पिता के चरणों में झुकना संतान की अपनी प्रतिष्ठा है। मुझे उन मित्रों की मानसिक अवस्था पर तरस आता है जो इस पर नाक-भौं चढ़ाते हैं।

गुरु : चाहे बाज़ार हो या स्टेशन का प्लेटफ़ार्म?

चाननराम : कहीं भी क्यों न हो, तुम तो भला उनके लड़के हो, और उनके चरण ही छूने पर इतनी बातें बना रहे हो, मेरे साथ जानते हो क्या हुआ? दीनदयाल...

डॉ. हंसराज : *(जेब से कुंजियों का गुच्छा निकालकर उसे अँगुलियों पर घुमाते हुए)* दीनदयाल!

चाननराम : हाँ वही, एक दिन उनके साथ बाज़ार में पंडित जी चले जा रहे थे। आते-आते शायद सब्ज़ी मंडी के ठेकेदार की जेबें गर्म करते आए थे। मैंने दोनों को हाथ जोड़कर 'नमस्ते' की। कहने लगे—'नहीं, झुककर प्रणाम करो।' मेरे साथ मित्र भी थे, किन्तु मैं चुपचाप उनके चरणों में झुक गया।

गुरु : छिः!

चाननराम : फिर कहने लगे, इनके भी पाँव छुओ!

डॉ. हंसराज : *(गरजकर, जैसे उनसे ही कहा हो)* दीनदयाल के?

चाननराम : लेकिन मैं झुक गया और वे इतने ही में प्रसन्न हो गए।

डॉ. हंसराज : *(क्रोध से दाँत पीसते हुए)* उस मूजी जेबकट के पैरों में, जिसे यदि मेरा बस चले तो...

[तिपाई को ठोकर मारते हैं, जैसे वही दीनदयाल है, सियाही की दवात फ़र्श पर गिर पड़ती है। नौकर को आवाज़ देते हैं।]

: हरचरण, हरचरण!

[एक छोटा-सा पहाड़ी नौकर (जो मुंडू कहलाता है) रसोईघर से प्याज़ छीलता-छीलता निकलता है।]

मुंडू : जी, उसे तो आपने दुकान पर भेजा था।

डॉ. हंसराज : *(चपत लगाकर)* तुझसे किसने कहा, इस तिपाई पर दवात रखाकर, उठा, सब फ़र्श ख़राब हो गया है।

[नौकर दवात उठाने लगता है।]

चाननराम : दवात रहने दो बेटा, पहले कपड़ा लेकर फ़र्श साफ़ करो।

[नौकर भाग जाता है और फिर गीला कपड़ा लाकर फ़र्श साफ़ करता है]

गुरु : *(रसोईघर की ओर देखकर)* माँ अभी मुझे कितनी देर और प्रतीक्षा करनी पड़ेगी?

[माँ रसोईघर से हाथ पोंछती हुई आती है—दुर्बल तथा कृशकाय, चेहरे पर दुखों ने गहरे निशान छोड़ दिये हैं, पुराने फ़ैशन की क़मीज़ और सुथनी पहने है, सिर पर चादर है—बस सब मिलाकर वह ऐसी है, जैसी एक मद्यप की स्त्री निरन्तर उसके साथ सर्दी-गर्मी झेलने, उसकी और उसके बच्चों की, ख़बरगीरी करने से बन जाती है।]

माँ : हमारी ओर से तो बेटा कोई देर नहीं। सब्जी तो बस तैयार है, आटा ख़त्म हो गया था और बनिये के घर रात को तीन बच्चे एक साथ पैदा हुए।

गुरु : तीन...एक साथ...पिता; पुत्र तथा पौत्र, तीनों के?

माँ : नहीं-नहीं, केवल पिता के—दो लड़कियाँ और एक लड़का।

डॉ. हंसराज : उस काँटे से व्यक्ति के यहाँ! और पत्नी भी तो उसकी तिनका-सी है।

माँ : इसलिए उसकी तो दुकान बन्द थी, तब उनको भेजा कि सब्ज़ी मंडी के चौक से जाकर आटा ले आएँ।

गुरु : सब्ज़ी मंडी के चौक से! तब तो मैं शौक़ से होटल में खाना खा सकता हूँ।

डॉ. हंसराज : मुझे डर है कि कहीं सबको ही आज होटल में न जाना पड़े। और कोई नहीं था आटा लाने के लिए?

माँ : मैंने तो बहुतेरा कहा कि गुरु या देव ले आएगा। कहने लगे—मैं यहाँ बैठा-बैठा क्या कर रहा हूँ, और कमला ने नोट उनके हाथ में दे दिया।

डॉ. हंसराज : नोट! कितने का?

माँ : दस का।

[डॉ. साहब कुर्सी में धँस जाते हैं।]

डॉ. हंसराज : *(निराश-भाव से)* इस कमला को तो कभी समझ न आएगी।

कमला : *(सामने के कमरे से निकलती है)* मैंने कहाँ दिये। उन्होंने तीन बार कहा—लाओ बहू रुपये दो, लाओ बहू रुपये दो, लाओ बहू रुपये दो! गुरु को पढ़ने दो! उसकी परीक्षा समीप है, मैं बस अभी ले आऊँगा।

[बड़े रौब से मटकती हुई चली जाती है।]

डॉ. हंसराज : *(अचानक उठकर और दोनों मुट्ठियाँ इकट्ठी भींचकर, महान् विटप की भाँति झूलते हुए, शब्दों पर ज़ोर देते हुए)* यह नहीं होगा, यह नहीं होगा। देखिए चचा जी, कुछ रुपये महीना मैं दे सकूँगा...जो भी आप मेरे ज़िम्मे लगा देंगे! किन्तु रहना यहाँ उनका नहीं हो सकता।

चाननराम : लेकिन पिता...पुत्र...कर्तव्य...

डॉ. हंसराज : *(विटप पर हवा का दबाव और भी अधिक हो जाता है और वह भी झूलता है)* मैं पुत्र के कर्तव्यों से भलीभाँति परिचित हूँ, किन्तु पिता का कोई कर्तव्य ही नहीं, यह मैं नहीं मानता, सात वर्ष के कड़े परिश्रम के बाद मेरी प्रैक्टिस कुछ चलने लगी है, मैं उसे यों बर्बाद नहीं कर सकता। परसों जब वे पिए हुए आए और बाज़ार से ही उन्होंने अधिक मद्यपता के कारण थरथराती हुई अपनी कर्कश आवाज़ में पुकारा 'हंसू'! तब मेरा तो दिल धक-धक कर उठा था। बाहर आकर देखा—बूट के तस्मे खुले हैं, धोती की कोर धरती पर लटक रही है, क़मीज़ का गिरेबान फटा हुआ है और पगड़ी बग़ल में हैं *(विटप पर तूफ़ान का ज़ोर कम हो जाता है।)* क़िस्मत थी कि उस समय दुकान पर कोई पेशेंट न था, बड़े धैर्य के साथ मैं उन्हें घर ले आया।

[ऐन उस वक़्त बाहर से देव आकर चुपचाप दरवाज़े की चौखट से पहलू के बल खड़ा हो जाता है, आयु अट्ठाइस वर्ष से अधिक नहीं, परन्तु डाकख़ाने की बैठक ने उसे बत्तीस-पैंतीस का बना दिया है। चेहरे की दो-चार रेखाएँ 'डिलिवरी', 'बुकिंग', 'सॉर्टिंग' की विरसता का पता देती हैं, जिन विभागों में कि वह क्रम से अब तक काम करता आया है। मूँछें बढ़ी हुई हैं। इसलिए नहीं, कि उसे बड़ी मूँछें पसन्द हैं, बल्कि इसलिए कि मूँछें कटवाने का समय उसे नहीं मिला, हँसमुख है, किन्तु अब उसकी हँसी ऐसे ही ठिठुरती हुई प्रकट होती हैं जैसे शरद के बादल भरे आकाश में पीली-श्वेत सूरज की मुस्कान।

किसी को भी उसके आने का पता नहीं चलता, इसलिए डॉक्टर साहब अपनी बात जारी रखते हैं।]

डॉ. हंसराज : और पुकारने का ढंग तो देखो...न हंसराज, न हंस (*नक़ल उतारते हुए)* हंसू! *(जो विटप था वह पौधा-सा होकर धरती पर लेट जाता है।)* और मैं दो बच्चों का बाप हूँ और डॉक्टर कहलाता हूँ।

[व्यंग्यमयी वेदना के भार से हँसते हैं। वहाँ चौखट के साथ खड़े-खड़े देव के चेहरे पर वही शरद का सूरज क्षण भर के लिए मुस्कराता है।]

चाननराम : *(वहीं जमे हुए)* माता-पिता बच्चों को उनके बचपन का नाम...

डॉ. हंसराज : नहीं चचा जी, यह मुझसे न होगा, आप देव से क्यों नहीं कहते।

[दरवाज़े में सूरज का तेज़ क्षण भर के लिए प्रखर हो उठता है।]

देव : जिससे उनकी एक दिन तो दूर एक पल के लिए भी नहीं बन सकती।

[सब आश्चर्य से उसकी ओर देखते हैं। शरद का सूरज उनके समीप आ जाता है।]

डॉ. हंसराज : *(खिन्न हुए बिना)* तुम दिन भर दफ़्तर में रहते हो और दफ़्तर भी तुम्हारा समीप नहीं कि वे पहुँच जाएँ, पूरे छह मील है...नहर के पास...!

देव : लेकिन रात को मैं घर आता हूँ और रात को साधारणतया

मेरे इन बालों को देखकर उन्हें गुस्सा आया करता है। जब पिताजी 'बहराम' के स्टेशन पर थे, तब मेरा दुर्भाग्य कि एक दिन मैं शाम की ट्रेन से वहाँ चला गया। रेलवे गार्ड के सामने ही उन्होंने मुझे बालों से पकड़ लिया...'ये हिजड़ों की भाँति बाल बना रखे हैं तुमने...' और पुरुषत्व और पुंसत्व पर एक भाषण झाड़ते हुए मेरी जो गत बनाई...

चाननराम : *(जो अपनी धुन के पक्के हैं, स्थिर अचल, जहाँ बैठे हैं, वहाँ से हिले नहीं)* तब तुम बच्चे थे, पर...

देव : पर जिनके लिए डॉक्टर साहब अभी तक 'हंसू' हैं, उनके लिए बेचारा देव...

[शरद का वही सूरज हँसता है।]

: और फिर रात को ही उन पर गाने की धुन सवार होती है। एक बार मुझसे कहने लगे...'तुम गाओ' अब मैं क्या गाता। विवश हो चिंघाड़ने लगा। आँखों में मेरी आँसू भर आए। कहने लगे...अच्छा गाते हो, प्रैक्टिस ज़ारी रखो, तुम्हें लखनऊ के म्यूज़िक कॉलेज में दाख़िल करा देंगे।

[गुरु ठहाका मारकर हँस पड़ता है, हंसराज डॉक्टरों की भाँति हँसते हैं, देव के चेहरे से मात्र बादल तनिक से हटते हैं, चचा चाननराम कदाचित् इसलिए नहीं हँसते कि बच्चों की हँसी में क्या शामिल हों...

हरचरण एक बिस्तर और बैग उठा दाख़िल होता है।]

डॉ. हंसराज : कैलाश आ गया?

हरचरण : दुकान पर हैं जी, मैंने कहा—आप तनिक बैठें कोई रोगी...

डॉ. हंसराज : मैं जाता हूँ।

माँ : *(रसोईघर का दरवाज़ा खोलकर)* गुरु तनिक साइकिल लेकर जाना तो। आए नहीं देखो तो कहाँ ठहर गए? नहीं जा तू ही वहाँ से कुछ आटा ले आ, कैलाश भी तो आ गया है।

गुरु : होंगे कहाँ? सब्ज़ी मंडी में एक ही तो जगह है उनके जाने की।

[हरिनाथ (हरेन्द्र) प्रवेश करता है। हाथ में कुछ काग़ज़ लिये और फ़र्श पर इधर-उधर देखते और कुछ ढूँढ़ते हुए।

धोती-कुर्ता और उस पर चादर पहने है, बाल तनिक लम्बे हैं और पाँवों में चप्पल हैं।]

हरिनाथ : मैं पूछता हूँ, रात को मैं इधर तो नहीं रख गया।

[तिपाई के नीचे-ऊपर देखता है।]

चाननराम : क्या ढूँढ़ रहे हो, क्या चीज़ गुम हो गई?

हरिनाथ : बड़े परिश्रम से लिखी थी।

[फिर इधर-उधर देखता है।]

देव : क्या था भाई?

हरिनाथ : एक कविता थी। देर से मैं लिख रहा था, कितनी अच्छी बन रही थी, मुझे तो याद भी नहीं।

चाननराम : तनिक बैठो, कविता फिर लिख लेना।

हरिनाथ : पर मुझे तो वह भेजनी थी। कम्पोज़िटर बेकार बैठे हैं, साइकिल पर भागा आया हूँ।

चाननराम : मैं साइकिल पर देव को भेज दूँगा। इन पन्द्रह मिनटों में

कुछ बिगड़ न जाएगा। मैं तो बुलवाने ही वाला था। अच्छा हुआ कि तुम आ गए।

हरिनाथ : मैं कहता हूँ, वह गुम कहाँ हो गई, वह कविता, छह महीने हो गए मुझे उसकी थीम* सोचते।

गुरु : कोई खंडकाव्य शुरू किया था क्या?

हरिनाथ : नहीं जी, एक फुलस्केप के दोनों ओर लिखी हुई थी।

[हताश-सा बरामदे के मध्य खड़ा हो जाता है।]

देव : यह आपके हाथ में क्या है?

हरिनाथ : *(चौंककर खिसियानेपन से)* वाह! अरे मैं इस बीच में इसे बराबर हाथ में लिये फिरा हूँ।

देव : *(कविता उसके हाथ से लेकर)* आप तनिक बैठें, चचा जी को आप से दो बातें करनी हैं, कविता मैं अभी नौकर के हाथ भिजवा दूँगा।

[चला जाता है, हरिनाथ कुर्सी पर बैठ जाता है।]

चाननराम : देखो तुम्हारे पिता अब रिटायर हो गए हैं। मैं नहीं चाहता, वे घर पर रहें। वहाँ उनके पुराने यादगार हैं, वहाँ वे न सुधरेंगे।

हरिनाथ : वहाँ वे सुधर चुके। शादीराम, रामरत्न, बनारसी दास, बंसीलाल...सब मतवाले, लेकिन दूसरों के माल पर। हमारे पिताजी अपना घर फूँककर तमाशा दिखाने वाले।

चाननराम : यही तो मैं भी कहता हूँ। उन्हें आवश्यकता है अच्छी संगति की और फिर ऐसे व्यक्ति की, जो उनकी अच्छी तरह देखभाल कर सके। गुरु और देव तो बच्चे हैं! हंसराज का

---

* थीम (Theme) आधारभूत विचार।

मन उनसे न मिलेगा। कैलाश के सम्बन्ध में मैं कह नहीं सकता। वह अक्खड़ तबीयत का आदमी है। मैं उसे कहूँगा अवश्य, परन्तु तुमसे मुझे बड़ी आशा है। तुम समझदार हो, साहित्यिक हो, मानव के गुण-दोषों से परिचित हो। तुम्हारे पास...*(हरिनाथ चौंकता है।)*...वे कुछ सँभल...

हरिनाथ : *(दार्शनिक-भाव से तनिक हँसकर)* अब वे क्या सँभलेंगे।

चाननराम : तुम्हारे पास रहकर...

हरिनाथ : मेरे पास, परन्तु मैं तो सात्त्विक व्यक्ति हूँ। वे ठहरे खाने-पीने वाले आदमी। वे चौथे रोज़ मुर्ग़ भूनने वाले और फिर मदिरा *(मुँह बनाता है, जैसे नाम ही से उसका चित्त मिचलाने लगा हो)* मैं तो पास भी नहीं बैठ सकता, मैं तो उस कमरे में बैठना तक सहन नहीं कर सकता।

[जैसे शराब के नाम से उसका दम घुटने लगा हो, उठकर घूमता हुआ, धोती के पल्ले से हवा करने लगता है।

डॉ. हंसराज और कैलाशपति ज़ोर-ज़ोर से बातें करते प्रवेश करते हैं।]

कैलाश : बख़्शो बी बिल्ली चूहा लंडूरा ही भला। मुझसे उनकी एक दिन, एक दिन क्या, एक पल नहीं पट सकती। मैं उनकी एक गाली तक नहीं सुन सकता। गाली तो दूर, एक बार उन्होंने मुझे idiot (मूर्ख) कहा था और मैंने तीन दिन खाना न खाया था...

डॉ. हंसराज : अरे भई अब पिछली बातों को...

कैलाश : आप भूल सकते हैं वे सब बातें, मैं नहीं भूल सकता। याद है आपको, उस दिन उनकी कितनी ज़्यादती थी। घर में

खाने को नहीं था और वे बीस रुपये *(जो माँ उधार लाई थी)* किसी श्रेष्ठ व्यक्ति को दे आए थे। *(तनिक जोश से)* उनके लिए प्रत्येक व्यक्ति श्रेष्ठ है, केवल घर वालों को छोड़कर। और जब मैंने आपत्ति की थी तो तलवार लेकर मेरी ओर दौड़े थे। *(नौकर को आवाज़ देता है)* ओ मुंडू...ओ मुंडू...!

[हरचरण रसोईघर से प्लेट धोता-धोता आता है।]

: साबुन और तेल स्नानगृह में रख दे। यह लम्बी यात्रा और सम्मा सट्टा लाइन की यह धूल! मैं तो बर्बर लग रहा हूँगा।

[छह भाइयों में यद्यपि यह चौथा है तो भी वह अपने उस कवि और उस क्लर्क भाई से बड़ा लगता है। चौड़े जबड़े, टेढ़े-मेढ़े दाँत और आँखों में हिंस्र। ज्वाला है—बिखरे हुए, धूल भरे बालों पर (जिनसे वह सत्य ही बर्बर लगता है,) हाथ फेरता हुआ वह इधर-उधर घूमता है।]

चाननराम : *(उठकर, उसके पास जाकर, उसके कन्धे पर हाथ रखते हुए)* परन्तु कैलाश...

कैलाश : परन्तु नहीं चचाजी। कुछ नहीं कर सकता। मैं पूछता हूँ—उन्होंने हमारा कितना ख़याल रखा है? बे-बाप के बच्चे हमसे अच्छी तरह पलते होंगे और फिर उनके अत्याचार...

चाननराम : परन्तु बेटा...

कैलाश : *(घूमते हुए दाँत पीसकर)* अब चाहे आप भूल जाएँ, मैं जीवन भर नहीं भूल सकता वे सब बातें। पता है न आपको? टाइफ़ाइड से मैं मृतप्राय हो रहा था। मल्लूपोते

से बुआ का लड़का बैजनाथ आया था। तब उन्होंने क्या ऊधम मचाया था।

चाननराम : पुरानी बातें...

कैलाश : पर मेरे लिए तो वे सब नई हैं। इतनी सी बात थी न कि बैजनाथ ने आते ही पचास रुपये माँ को दिये कि वे उन्हें अपने पास रखे। जाते-जाते वह उन्हें ले जाता। दीवाली के दिन थे, उनको न जाने कैसे उनकी गन्ध मिल गई। लगे माँ से रुपये माँगने। उसने कहा कि मेरे पास एक भी रुपया नहीं। आप ही कहिए दूसरे के रुपयों को वह कैसे उन्हें दे देती। उठाकर जलती लालटेन उन्होंने उसके दे मारी। मैंने रोका तो तलवार उठा लाए। मेरे सिरहाने लम्बी छुरी वाला हंटर था। सौभाग्य से बीच-बचाव हो गया, नहीं तो किसी का ख़ून हो जाता।।

चाननराम : *(निराश होकर)* परन्तु बेटा, अब तो न उनका वह स्वभाव है, न वह शरीर। दमखम भी उनमें वह पुराना नहीं। अब ये सब बातें वे कहाँ कर सकते हैं...

डॉ. हंसराज : *(हँसकर)* पर स्वभाव तो वही है।

गुरु तथा देव : *(दोनों एक साथ बोलते हुए)* स्वर की कठोरता तो वही है। शराब पीने का स्वभाव तो वही है।

[नशे में चूर पं. बसन्तलाल प्रवेश करते हैं। पाँव लड़खड़ा रहे हैं। सिर नंगा है। क़मीज़ के बटन खुले हैं। तहमद धरती पर लटक रहा है। एक पाँव से जूता ग़ायब है। हाथ में एक पुर्ज़ा सा है (जो लॉटरी का टिकट है) आवाज़ थरथरा रही है...]

बसन्तलाल : ओ हंसू...

[डॉ. हंसराज आग्नेय-दृष्टि से उनकी ओर देखते हैं और आग भरे स्वर से ही कहते हैं—]

: आप तो आटा लेने गए थे।

बसन्तलाल : कमबख़्त आटा...क्या?...मैं तीन लाख रुपये का टिकट ले आया हूँ। तुम्हें विलायत भेज दूँगा।

[कुर्सी पर बैठते-बैठते लुढ़क जाते हैं।]

डॉ. हंसराज : *(उठकर और रसोईघर की ओर देखते हुए चीख़कर)* मैं कहता न था, और सब मर गए थे क्या? ये नौकर किस मर्ज़ की दवा होते हैं। भेज दिया इनको चीज़ें लाने के लिए। अब पड़े भूखों मरो...।

गुरु : *(अपने कमरे को भागता हुआ)* मेरे तो कॉलेज का समय हो गया है। अब रोटी...

[कमरे से ग़ायब हो जाता है। कमला रसोईघर से मटकती हुई निकलती है।]

कमला : नौकर को और कोई काम नहीं करना होता क्या? आप इतने लोग क्या करते हैं? तिनका तक तो कोई तोड़ता नहीं!

[दूसरे कमरे में चली जाती है।]

देव : मैं भी चलूँ, मुझे कैंट पहुँचना है।

[जिधर से आया था, उधर से चला जाता है।]

कैलाश : ओ गुंद्दू, साबुन-तेल रखा है या नहीं?

माँ : *(रुआँसी-सी शक्ल लिये रसोईघर से झाँकती है)* इन्हें

उठाकर चारपाई पर तो लिटा दो। धरती पर पड़े हैं।

बसन्तलाल : *(उठने का यत्न करते हुए)* कौन कमबख़्त हमें उठा सकता है...हम...हम स्वयं उठेंगे...

[उठते हैं, किन्तु लड़खड़ाकर गिर पड़ते हैं। चाननराम तथा डॉ. हंसराज उन्हें उठाकर बिस्तर पर लिटा देते हैं।]

(पर्दा गिरता है।)

दृश्य 2

(कुछ क्षण बाद पर्दा फिर उठता है।)

[बरामदे में सन्नाटा है। धूप की बड़ी तिकोन अब एक छोटी-सी आयत बन गई है। रसोईघर से सुगन्धि अभी तक उठ रही है, किन्तु, चूँकि केवल सब्ज़ियों से ही भूख नहीं मिट सकती, इसलिए शायद डॉक्टर साहब स्वयं आटा लेने गए हैं। गणेश-वाहन श्री मूषक जी महाराज फिर कहीं से आ गए हैं और इस प्रकार इधर-उधर विचर रहे हैं, जिस प्रकार राजधानी से भागा हुआ अधिपति पुनः अपना राज्य पाने पर। चटाइयाँ ख़ाली हैं, कुर्सियाँ ख़ाली हैं, चारपाई पर पंडित बसन्तलाल पड़े ख़र्राटे ले रहे हैं। लॉटरी का टिकट उनका धरती पर गिर पड़ा है, किसी ने उसको उठाने का कष्ट नहीं किया और वे सो रहे हैं और उनके ख़र्राटे निस्तब्धता को और भी निस्तब्ध बना रहे हैं]

(पर्दा फिर गिरता है।)

दृश्य 3

(पर्दा फिर उठता है।)

[वही बरामदा और वही सामान। केवल इतनी बदली हुई है कि चटाइयों के स्थान पर चर्खा बिछा है, जिसके साथ बैठी हुई माँ कात रही है, (गर्मियों में काती जाएगी तो सर्दियों में काम आएगी, इसीलिए) साथ में एक दूसरी पीढ़ी है। वह शायद कमला की है, क्योंकि उस पर एक किरोशिये से बुना जाता मेज़पोश पड़ा है। चारपाई वैसे ही बिछी है और उस पर कोई सो भी रहा है। ख़र्राटे भी ले ही रहा होगा किन्तु उसके ख़र्राटों का स्वर चर्खे की 'घूँ-घूँ' में शायद सुनाई नहीं देता। सोने वाले महाशय पंडित बसन्तलाल हैं, किन्तु शायद वे नहीं हैं, क्योंकि पर्दा उठने के पल भर बाद ही वे पूर्ववत् बग़ल में पगड़ी दबाए, खुले हुए गले और फ़र्श पर घिसटती हुई आधी धोती की कोर से बेपरवाह, मूँछों पर ताव देते हुए झूमते-झामते प्रवेश करते हैं। उल्लास उनके

चेहरे पर फूटा पड़ता है और पाँव उनके धरती पर ठीक नहीं पड़ते।

आते ही पगड़ी को कुर्सी पर फेंककर खड़े-खड़े झूमते हैं और नौकर को आवाज़ देते हैं—स्वर उनका थरथरा रहा है, जैसे कि साधारणतया नशे में थरथराने लगता है।

: मुंडू, ओ मुंडू

[हरचरण रसोईघर से भागा हुआ आता है। हाथ लिथड़े हुए हैं। शायद बर्तन मलता-मलता उठकर भाग आया हो।]

: जी!

बसन्तलाल : *(दस रुपये का नोट फेंकते हैं।)* जा भागकर बाज़ार से कैंची की एक डिबिया ले आ।

[नोट देखकर माँ चौंकती है, सूत का तार टूट जाता है, और वह योंही चर्खे की हत्थी घुमाए जाती है। नौकर नोट उठाकर जाता है। पंडित बसन्तलाल अपनी पत्नी को सम्बोधित करते हैं—वैसे ही झूमते हुए, ख़ुशी के पंखों पर जैसे उड़ते हुए—]

बसन्तलाल : मैं कहता हूँ हंसू की माँ, माँग लो आज मुझसे जो कुछ माँगना चाहती हो, मैं तुम्हारी प्रत्येक इच्छा आज पूरी कर दूँगा।

[कुर्सी में धँस जाते हैं, टाँगे तिपाई पर रख लेते हैं—माँ चर्खा कातना छोड़ देती है और निश्वास से हँसती है।

पंडित बसन्तलाल टाँगे फिर नीचे करके उसकी ओर मुड़ते हैं]

: तुम मज़ाक़ समझती हो, मैं सत्य कहता हूँ। मुझे तुम मदमत्त मत समझो। माँगो!

[उठकर खड़े हो जाते हैं और झूमते और लड़खड़ाते हैं।]

: माँगो मैं सब कुछ दूँगा।

माँ : *(विषाद से हँसती है)* मैं क्या माँगूगी।

[सूत का तार जोड़ने का प्रयास करती है।]

बसन्तलाल : गहना, कपड़ा, सुख, आराम कुछ भी माँगो, तुमने आयु भर मेरे साथ दुख पाया है, कहो तुम्हें गहनों-कपड़ों से लाद दूँ।

माँ : *(स्वर आर्द्र हो जाता है)* मैंने बहुतेरे गहने-कपड़े पहन लिये, *(सजल हँसी से)* अब तो यही अभिलाषा है कि आपके चरणों में संसार छोड़ दूँ।

बसन्तलाल : संसार छोड़ दो...पागल! *(हवा को हाथ से चीरते हैं और इस प्रयास में गिरते-गिरते कुर्सी पर धँस जाते हैं।)* संसार-सुख के उपभोग का अवसर तो अभी आया है। *(सहसा आँखें भरकर)* मैंने तुम्हें बड़े दुख दिये—मारा-पीटा, गहने-कपड़े से तंग किया *(सिसकने लगते हैं।)* पैसे-पैसे को मोहताज रखा, बनवाकर तो क्या देता उलटा तुम्हारी चीज़ें तक बेच डालता रहा *(सहसा आँखें पोंछकर जोश से)* किन्तु अब मैं सब बातों की कसर निकाल दूँगा। मैं अब तुम्हें इतना सुख दूँगा *(और भी जोश से)* इतना सुख, कि तुम्हें

इच्छा न रहेगी। गहने, कपड़े, जितने चाहो पहनो! जिस तीर्थ की चाहो, यात्रा करो!! और जितने ब्राह्मणों और ब्राह्मणियों को चाहो भोजन खिलाओ!!! कितनी देर से तुम तीर्थ-यात्रा करने की इच्छा प्रकट कर रही हो, देखो कोई तीर्थ न रह जाए, फिर न कहना कि अमुक स्थान को देखने की अभिलाषा रह गई।

[माँ निर्निमेष किन्तु अविश्वास भरी दृष्टि से चुपचाप उनकी ओर देखे जाती है।]

: हाँ कोई ऐसा तीर्थ नहीं, कोई ऐसा स्थान नहीं जो मैं तुम्हें न दिखा दूँ और तुम्हें दान-पुण्य का जितना शौक़ है वह सब निकाल लो। जितना चाहे दान-पुण्य करो।

[फिर टाँगे तिपाई पर रख लेते हैं।]

माँ : *(अविश्वास और व्यंग्य से)* मैंने बहुतेरा दान-पुण्य कर लिया है।

बसन्तलाल : *(नशे में झूमते हुए)* मैं कहता हूँ, एक लाख रुपये मैं केवल तुम्हारे नाम लगाने जा रहा हूँ।

माँ : *(स्तम्भित)* लाख!

बसन्तलाल : एक लाख इन कमबख़्त लड़कों को दे दूँगा।

माँ : लाख!

बसन्तलाल : एक लाख में से चाननराम, हंसराज, बनारसी दास...।

माँ : लाख...लाख...लाख...आप शायद...

बसन्तलाल : *(जोश से उठकर)* तुम्हें विश्वास नहीं आता *(जेब से तार निकालते हैं।)* तीन लाख की लॉटरी मेरे नाम निकली है।

माँ : *(भौचक्की-सी)* तीन लाख की!

[उठकर खड़ी हो जाती है।]

: शायद आप अधिक...

बसन्तलाल : *(काग़ज़ को हवा में फहराते हुए)* यह देखो तार। मैंने दीनदयाल से दस हज़ार रुपया लिया है। जब तक लॉटरी का रुपया वसूल नहीं होता तब तक के लिए। पाँच हज़ार मैं चाननराम को दे दूँगा, उसकी लड़की का विवाह है। मैं उसका अहसान नहीं भूल सकता *(सहसा आँखें भरकर)* कमबख़्त इन लड़कों ने जब मेरा साथ छोड़ा तब उसने मेरी कितनी सेवा की *(आँखें पोंछकर)* पर पूत कपूत होते हैं, पिता कुपिता नहीं होते, मैं इन कमबख़्तों के नाम एक लाख लगा दूँगा। लाख तुम ले लो। बाक़ी लाख से मैं जो चाहे करूँ। मैंने तुम्हें कहा था न कि लॉटरी इस बार मेरे नाम अवश्य आएगी।

माँ : *(मन-ही-मन से भगवान सत्यनारायण को प्रणाम करके)* मैंने भगवान सत्यनारायण की कथा कराई थी।

[चर्खे के ऊपर से गुज़रकर उनके पास आ जाती है।]

बसन्तलाल : तुम अब सब नारायणों की कथा कराना!

[चलते हैं, फिर रुककर पगड़ी उठाते हैं, उसी तरह बग़ल में दे लेते हैं, और मूँछों पर ताव देते हुए दरवाज़े की ओर बढ़ते हैं।]

माँ : *(साथ-साथ जाती हुई)* किधर चले, कुछ पल तो बैठें, आप...

बसन्तलाल : मुझे चाननराम से मिलना है, उसकी लड़की का विवाह है...

माँ : *(आर्द्र कंठ से)* दयालचन्द का भी आपको कभी ख़याल आया।

बसन्तलाल : दस हज़ार रुपया उस कमबख़्त के ढूँढ़ने पर ख़र्च कर दूँगा। वह मेरा लड़का इन सब से अच्छा था...आज्ञाकारी और होनहार!

माँ : सब उसकी बुद्धि की प्रशंसा करते थे।

बसन्तलाल : वह पाताल में भी चला जाए तो मैं उसे ढूँढ़ लाऊँगा।

माँ : लेकिन आप हंस को तो आ लेने दें।

बसन्तलाल : उस कमबख़्त को मैं माल पर दुकान खुलवा दूँगा।

माँ : आपकी कैंची की डिबिया...

बसन्तलाल : नौकर को शौक़ है, उसे कहना पी ले...

[चले जाते हैं।]

[माँ मुड़ती है, ख़ुशी से चेहरा दुगना हो गया है। इधर-उधर देखती है कि कहीं भगवान की मूर्ति हो तो सिर झुकाए। पर वह तो बरामदा है, वहाँ भगवान की मूर्ति क्या, चित्र भी नहीं। आख़िर आकाश की ओर देखकर नतमस्तक हो जाती है, भगवान आकाश में जो बसते हैं, इसीलिए।]

: भगवान तेरी लीला अपरम्पार है! तूने जिस प्रकार मेरी सुनी, उसी प्रकार सब की सुन। मैं सबसे पहले तेरा प्रसाद बाँटूँगी।

[नौकर कैंची की डिबिया लिये प्रवेश करता है।]

नौकर : माँ जी कैंची...

माँ : डिबिया तू ही रख ले और जा पाँच रुपये के लड्डू

चौक से ले आ। ताज़े बनवाकर लाना। मैं पाठ पर बैठी होऊँ तो मुझे न बुलाना। भगवान को प्रसाद लगाना चाहती हूँ मैं!

[नौकर उलटे पाँव वापस चला जाता है और माँ बाईं ओर के, सामने कमरे में प्रवेश करती है।

कुछ क्षण बाद डॉ. हंसराज घबराए हुए दाख़िल होते हैं और अपनी पत्नी को आवाज़ देते हैं।]

डॉ. हंसराज : कमला, कमला।

[कोई आवाज़ नहीं आती।

डॉक्टर साहब 'कमला कमला' आवाज़ देते हुए सब कमरों में झाँकते हैं और फिर शायद पाठ करती हुई माँ से संकेत पाकर स्नानगृह के दरवाज़े पर खड़े होते हैं और किवाड़ पर टिकटिक करते हुए आवाज़ देते हैं।]

: कमला, कमला!

[किवाड़ खोलकर कमला अन्दर से निकलती है। खुले-खुले चमकीले बाल उसके कन्धों पर बिखरे हैं। चेहरा निखरा हुआ है और श्वेत साड़ी पहन रखी है। कन्धों पर बालों के नीचे एक तौलिया है।

पीढ़ी पर रखा हुआ किरोशिया और आधा बुना मेज़पोश उठा लेती है और किरोशिया चलाने लगती है।]

डॉ. हंसराज : तुम्हें हो क्या गया? इतनी आवाज़ें मैंने दीं...

कमला : मैंने नल छोड़ रखा था। केश...

डॉ. हंसराज : तुम्हें पता नहीं, पिताजी के नाम तीन लाख की लॉटरी निकल आई है।

[कमला अवाक् खड़ी रह जाती है।]

डॉ. हंसराज : सच, तीन लाख की। तुम्हें याद है न एक बार तुमने आटा लाने के लिए दस रुपये उन्हें दिये थे। अरे उस दिन, जब चचा चाननराम यहाँ आए हुए थे। उस दिन जी, जब कैलाशपति भी यहाँ था और वे आटा लाने के बदले लॉटरी का टिकट ख़रीद लाए थे।

कमला : *(बुनना छोड़कर)* वे रुपये तो हमारे थे। लॉटरी का रुपया तो हमें मिलना चाहिए।

डॉ. हंसराज : *(विवशता से)* लेकिन डर्वी वाले तो इस बात को नहीं जानते।

कमला : वे लाख न जानें। किन्तु पिताजी को उसका आधा हमें देना चाहिए। यदि मैं रुपये न देती तो वे टिकट कहाँ से ख़रीदते।

डॉ. हंसराज : तुम तो मूर्ख हो।

[सिर कुरेदते हुए घूमते हैं। कमला शायद 'मूर्ख' की उपाधि पाकर ही संतुष्ट हो गई है। इसलिए वह दीवार के साथ ही लगी चुपचाप मेज़पोश बुनती रहती है]

डॉ. हंसराज : *(सब बरामदे का एक चक्कर लगाकर, 'तुम क्यों दुबले नगर के अंदेश' के से स्वर में)* मैं कहता हूँ, वह चाननराम पिताजी का सब रुपया हज़म करके दग लेगा।

मुझे निहालदास ने बताया, आते-आते कहीं उसकी दुकान पर गप हाँक आए होंगे, पाँच हज़ार वे उन्हें दे रहे हैं। निहालदास कहता था कि वे अभी घर गए हैं, आए थे पिताजी यहाँ?

कमला : शायद आए हों, मुझे कुछ आभास तो होता है। लेकिन मैं तो स्नान-गृह में थी, और नल मैंने छोड़ रखा था और माँ चर्खा कात रही थीं, शायद इस सबके शोर में मुझे सुनाई नहीं दिया। माँ से पूछा आपने?

डॉ. हंसराज : वे पाठ पर बैठी हैं।

[डॉ. हंसराज चुपचाप, कमर के पीछे हाथ रखे, बरामदे का एक और चक्कर लगाते हैं, फिर रुककर—]

: तुम मानी नहीं तब, नहीं यदि उन्हें यहाँ से न जाने दिया जाता तो कितना अच्छा होता!

कमला : *(तिनककर)* मैं नहीं मानी, मैंने तो कई बार कहा कि आख़िर आपके पिता हैं, उन्होंने पढ़ाया-लिखाया तो आप इतना कमाने के योग्य हुए, किन्तु आपने सदैव डाँट बता दी। आप स्वयं नहीं चाहते थे।

डॉ. हंसराज : मैं न चाहता था? जब वे शराब पिए आते थे तो उनकी गालियाँ किसे अखरती थीं।

कमला : और जब वे कीचड़ से सने हुए जूते लिये, खुले गले, नंगे सिर, झूमते-झामते दुकान में आ जाते थे तो कौन तिलमिलाता था?

डॉ. हंसराज : लेकिन तुम्हीं को तो उनका कई-कई मेहमानों को लेकर आ जाना और उन सबके लिए खाना तैयार करने का तानाशाही आदेश देना अखरता था।

कमला : और आपको ही तो उनका रोगियों के सामने आधा नाम लेकर पुकारना बुरा लगता था।

डॉ. हंसराज : तुम मेरे साथ अन्याय करती हो।

कमला : आप मेरे साथ अन्याय करते हैं। यही दस रुपये...याद है न आपको...मैंने आटा लाने के लिए दिये थे और आपने दस बातें बनाई थीं।

[मटकती हुई दाएँ कमरे में जाती है। बगुले की भाँति गुरु प्रवेश करता है।]

गुरु : भाई साहब, सुना आपने, पिताजी के नाम तीन लाख की लॉटरी निकली है *(मुँह बाए और आँखें फाड़े)* तीन लाख की डर्बी की लॉटरी! राज का बड़ा भाई उनसे मिलने के लिए चचा चाननराम के घर गया था।

डॉ. हंसराज : इंटरव्यू करने के लिए?

गुरु : जी! दो बार तो वे बात ही नहीं कर सके। गुट पड़े थे। तीसरी बार वह गया तो अपनी अलसाई, मदमाती, रक्त वर्ण, आँखें खोल उन्होंने उसे अपने पास बुलाया और उसके मुँह पर एक ज़ोर से चपत लगा दी और फिर जेब से एक सौ का नोट निकालकर उसके सामने फेंक दिया कि जा कमबख़्त दो-चार दिन ऐश उड़ा, क्या ज़रा-ज़रा सी ख़बरों के लिए मारा-मारा फिरता है।

डॉ. हंसराज : *(चौंककर)* सौ रुपया दे दिया *(जिस कमरे में कमला गई है, उधर को देखकर)* मैं कहता हूँ, यह तीन लाख रुपया इसी तरह उड़ जाएगा *(फिर गुरु की ओर मुड़कर)* गुरु तुम जाओ, तनिक हरिनाथ को बुला लाओ।

[गुरु चलना चाहता है, डॉ. हंसराज उसे फिर आवाज़ देते हैं।]

: और देखो, बिन्द्रा के यहाँ से देव को टेलीफ़ोन कर दो। यह लो एक रुपया, कैलाशपति को तार दे दो कि जिस प्रकार भी हो सके वह आज रात यहाँ पहुँच जाए।

[रुपया निकालकर उसकी ओर फेंकते हैं, गुरु उसे उठाकर चला जाता है और डॉक्टर साहब फिर सिर कुरेदते हुए घूमने लगते हैं और आप ही आप खदबदाते हैं।]

: किसी न किसी तरह उन्हें यहाँ ले आना चाहिए।

[फिर घूमते हैं, फिर रुककर—]

: लेकिन ले कैसे आएँ?

[कमला, पूर्ववत् किरोशिये से मेज़पोश बुनती हुई, एक कमरे से निकलकर दूसरे कमरे को जाती है, बुना हुआ मेज़पोश लटकता जा रहा है...डॉक्टर साहब उसके पास जाते हैं।]

: कमला!

कमला : *(रुककर और मुड़कर)* कहिए!

डॉ. हंसराज : *(और भी पास जाकर, तनिक भेद भरे तथा अनुनय के स्वर में)* देखो जो हुआ सो हुआ, लेकिन बुद्धिमान वही है, जो बिगड़ी हुई बात बना ले।

कमला : *(नीची निगाह किये किरोशिया चलाती हुई)* इसमें क्या सन्देह है, बिगड़ी हुई बात बनानी ही चाहिए।

[चलती है।]

डॉ. हंसराज : *(साथ-साथ चलते हुए)* मैं चाहता हूँ कि पिताजी को यहाँ ले आऊँ।

कमला : तो ले आइए!

डॉ. हंसराज : लेकिन ले आने से काम न चलेगा, उन्हें यहाँ रखना होगा।

कमला : तो रखिए!

डॉ. हंसराज : रखने की बात नहीं, उनका मन बहलाना होगा।

कमला : तो बहलाइए!

[गुरु के कमरे में दाख़िल हो जाती है।]

डॉ. हंसराज : *(बाहर खड़े-खड़े)* कमला!

[कमला मुड़कर चौखट में खड़ी हो जाती है, चट्टान की भाँति...एक निमिष के लिए एक-दूसरे की ओर देखते हैं!]

डॉ. हंसराज : *(स्वर को तनिक विवश, तनिक विनम्र बनाकर)* देखो मेरी बात का ग़ुस्सा न किया करो! मेरा दिमाग़ बड़ा परेशान रहता है। ख़र्च दिन-प्रतिदिन बढ़ता जा रहा है और आय उतनी है नहीं और सरकार के बढ़ते हुए करों के कारण दुकान और मकान के मालिक किराया बढ़ाने की सोच रहे हैं और फिर यह कमबख़्त लाहौर! नित्य कोई न कोई अतिथि आया रहता है और पोज़ीशन रखने के लिए महँगे भाव चीज़ें ख़रीदनी पड़ती हैं।

[कुछ क्षण के लिए यह देखने के हेतु कि उनकी इस विवशता का प्रभाव उनकी पत्नी पर पड़ रहा है या नहीं, उसके चेहरे की ओर देखते हैं फिर—]

डॉ. हंसराज : कैसी विडम्बना है यह कि जिनको आवश्यकता है, उन्हें लोहू पानी एक करने पर भी पैसा नहीं मिलता और जिन्हें ज़रूरत नहीं, उनके पास आप से आप चला आता है।

[फिर पत्नी के मुख की ओर देखते हैं।]

: उनको व्यर्थ उड़ाने के लिए तीन लाख मिल जाएँ और हमें उचित ख़र्च के लिए तीन सौ भी न मिलें!

[विवशता, लाचारी और निराशा से सिर झुका लेते हैं। चट्टान पिघलकर अपना स्थान छोड़ देती है।]

कमला : *(बाहर आकर)* आप यों ही जी छोटा करते हैं। दूसरे के नर्म-गर्म बिस्तरों को देखकर कोई अपनी दरी दुलाई तो नहीं उठा देता।

डॉ. हंसराज : *(लगभग गरजकर)* दूसरों के... मैं अपने पिता की बात कर रहा हूँ। उनके धन पर क्या हमारा कोई अधिकार नहीं? उनके दुख-सुख में क्या हमारा कोई भाग नहीं? और फिर मैं कहता हूँ कि अपने हक़ और अपने हिस्से की बात छोड़ो, मैं तो उनके लाभ की बात सोच रहा हूँ। यदि इस समय उन्हें न बचाया गया तो वे तबाह हो जाएँगे। परमात्मा ने यदि उन्हें एक अवसर दिया है तो उन्हें इसका पूरा लाभ उठाना चाहिए। उसका दुरुपयोग उन्हें न करना चाहिए। और वे जिस रफ़्तार से रुपया उड़ा रहे हैं, उस तरह तो तीन लाख, तीन वर्ष क्या, तीन महीने नहीं रहेगा। तुमने सुना नहीं, उस राज के भाई को उन्होंने एक सौ रुपया केवल एक चपत खाने के बदले दे दिया।

[देव चुपचाप प्रवेश करता है।]

देव : केवल एक चपत, परमात्मा की सौगन्ध, सौ रुपये के लिए तो आदमी सौ जूते खा सकता है।

डॉ. हंसराज : और भला नहीं क्या?

[कमला हँसती है।]

देव : *(उसी सर्दियों के सूर्य की सी मुस्कान के साथ)* हँसी की बात नहीं भाभी, तुम नहीं जानती डिलिवरी ब्रांच* में कितना काम होता है नये विधान के अनुसार दफ़्तर तो दूर, दुकानों के नौकरों तक को इतवार की छुट्टी होती है, किन्तु मुझे प्रायः रविवार को सुबह के पाँच बजे से संध्या के सात बजे तक ड्यूटी देनी होती है। साल के बारह महीने, महीने के तीस-इकतीस दिन और एक दिन के आठ घंटे...कहने का मतलब यह है कि वर्ष भर में लगभग दो हज़ार नौ सौ बीस घंटे अनथक काम करने के बाद मिलता क्या है? चालीस रुपया मासिक के हिसाब से मात्र 480 रुपया... फिर यदि 100 जूते खाने के बदले सौ रुपया मिल जाए, तो क्या बुरा है!

डॉ. हंसराज : लेकिन मैं पूछता हूँ—हरिनाथ क्यों नहीं आया? उसे तो तुमसे पहले आ जाना चाहिए था। मैंने गुरु से कहा था कि वह उसे भेजकर तुम्हें टेलीफ़ोन करे। और तुम ही इतनी जल्दी कैसे आ गए, क्या लारी पर आए थे?

देव : आया तो मैं लारी पर ही हूँ, किन्तु टेलीफ़ोन मुझे नहीं मिला।

डॉ. हंसराज : तो तुम्हें लॉटरी का कैसे पता चला?

देव : शायद पिताजी उसमें से चचा चाननराम को पाँच हज़ार रुपया देने वाले हैं। ईर्ष्या-वश उनके भाई ने मुझे टेलीफ़ोन किया, कि यदि तुम लोगों ने कुछ हिम्मत न की तो सब ख़त्म हो जाएगा।

---

* डाकख़ाने का एक विभाग जिसमें बाहर से आए हुए पत्र बाँटने के लिए डाकियों को दिये जाते हैं।

डॉ. हंसराज : इसमें क्या सन्देह है, एक बोतल पिलाकर कोई पिताजी से तीन लोक का राज्य लिखवा सकता है और फिर चची...

देव : एक ही विष की गाँठ हैं। ऊपर से जितनी भोली हैं, अन्दर से उतनी ही खोटी हैं। आकृति उनकी जितनी सुन्दर है, हृदय उनका उतना ही कुरूप है। मीठी-मीठी बातों से मोह लेना वे ख़ूब जानती हैं और फिर पिताजी, उनकी दुर्बलता तुम जानते ही हो, मीठी बातें करके, उन्हें चाहे कोई लूट ले, उनके कपड़े तक उतार ले!

डॉ. हंसराज : छह महीने घर रखने के बदले पाँच हज़ार रुपया हथिया लिया और लूटना किसे कहते हैं?

[दोनों कमरे में घूमने लगते हैं। एक कुर्सी से रसोईघर तक और दूसरा कुर्सी से कमरे तक। फिर दोनों आमने-सामने आकर खड़े हो जाते हैं।]

डॉ. हंसराज : *(उसी कटुता से)* देखो न, तुम उस डाकख़ाने के अँधेरे कमरे में, दिन के समय भी बिजली की रोशनी में चिट्ठियों के साथ माथा फोड़ते हो, यदि जीवन में तुम्हें कुछ स्टार्ट मिल जाए तो तुम क्या कुछ न कर लो। अपने ही विभाग में तुम ऊँचे से ऊँचे पद पर आसीन हो सकते हो। यदि पिताजी तुम्हें दस हज़ार...

देव : उन्हें पहले अपने नये पुत्रों को तो स्टार्ट दे लेने दें। बनारसीदास को वे अपना सातवाँ पुत्र कहते हैं और अब तो चचा चाननराम भी पुत्र बन जाएँगे और दीनदयाल भी और जाने कौन-कौन पुत्र बन जाएँ...और मैं तो मात्र चौथा हूँ...

[हरिनाथ प्रवेश करता है—बाल बिखरे, दाढ़ी बढ़ी, धोती और क़मीज़ कदरे मैली।]

डॉ. हंसराज : *(उसी कटुता से)* अब हरिनाथ को ही ले लो। जीवनयापन के लिए पत्रिका और प्रेस का रोग लगा बैठा है, और सूरत तो देखो, क्या बनाई है? क्या कम्पोज़िटरों के साथ माथापच्ची करना इसके बस की बात है? प्रूफ़ पढ़ना और अनुवाद करना क्या इसका काम है? यह ठहरा कवि-हृदय, इसे चाहिए था कि यह भ्रमण करता, श्रीनगर, पहलगाँव, मंसूरी, नैनीताल जैसे नगरों की सैर करता। समुद्र तट देखता और फिर शान्तिनिकेतन ऐसे स्थान में जम जाता और काव्यों की रचना करता।

हरिनाथ : *(म्लान हँसी से)* अरे भाई, ऐसे भाग्य कहाँ?

डॉ. हंसराज : इसमें भाग्य की कौन सी बात है? तुम्हें शायद मालूम नहीं—पिताजी को तीन लाख की लॉटरी आई है!

हरिनाथ : *(आँखें फट जाती हैं और मुँह खुल जाता है)* तीन लाख की?

डॉ. हंसराज : तीन लाख की! यही तो मैं कहता हूँ *(लगभग भाषण देते हुए)* यदि आज वे तीन लाख रुपये वृथा जाने के बदले किसी अर्थ लग जाएँ तो क्या नहीं हो सकता? यह कैलाशपति क्या टिकट-कलेक्टर बनने योग्य है, उसे तो पुलिस इंस्पेक्टर होना चाहिए था; कुछ रुपये ख़र्च करके उसे अब भी सीधा सब-इंस्पेक्टर भरती कराया जा सकता है। गुरु को विलायत भेजा जा सकता है और यदि वह विलायत चला जाए तो अपनी प्रखर बुद्धि के साथ क्या कुछ नहीं कर सकता। कौन उसे आई.सी.एस. बनने से रोक सकता है?

देव : विलायत भेजने से लाभ? वहाँ तो दिन-रात बमबारी होती रहती है!

डॉ. हंसराज : *(खीजकर)* विलायत न सही हिन्दुस्तान में तो बमबारी नहीं होती।

देव : पर सरकार ये पद प्रतियोगिता से न भरेगी, स्वयं नामजदगियाँ करेगी।

डॉ. हंसराज : तो और भी आसान है, नामजदगियाँ पैसे वालों की होती हैं। मैं सच कहता हूँ, यदि घर में एक भी आई.सी.एस. हो जाए तो सारे का सारा वंश तर जाता है।

हरिनाथ : *(जो काशमीर तथा नैनीताल की सैर कर रहा है)* इसमें क्या सन्देह है?

डॉ. हंसराज : और मैं क्या माल पर दुकान नहीं ले जा सकता? ये डॉक्टर माथुर, कपूर, भल्ला क्या मुझसे योग्य हैं? पैसा चाहिए पैसा, माल पर उन जैसा सैनीटोरियम क्या मैं नहीं खोल सकता?

कमला : *(जो इस समय तक चुपचाप मेज़पोश बुन रही थी)* मैं कहती हूँ, मैं चली जाऊँगी, उन्हें यहाँ ले भी आऊँगी। शेष आपका काम है कि उन्हें फिर न भटकने दें।

डॉ. हंसराज : *(उल्लास से)* दिस इज़ लाइक ए गुड गर्ल।*

हरिनाथ : तुम्हारे बिना यह काम किसी से न होगा, भाभी।

[माँ पाठ करने के बाद माला हाथ में लिये हुए ही बाहर निकलती हैं।]

माँ : हरचरण आया नहीं अभी।

[हरचरण लड्डुओं की टोकरी लिये दाख़िल होता है।]

हरचरण : मैं आ गया माँ जी!

गुरु : यह लड्डू कैसे हैं?

---

* This is like a good girl यह बात है अच्छी बीबी की।

माँ : भगवान का प्रसाद बाँटूँगी।

डॉ. हंसराज : तो लाओ इसी बात पर मुँह तो मीठा किया जाए।

माँ : *(दरवाज़े की ओर जाती हुई)* न, न, पहले भगवान को भोग तो लगा लिया जाए। *(नौकर से)* आ रे हरचरण मेरे साथ मन्दिर तक, भगवान...

हरिनाथ : *(कवि)* हमसे बड़ा भगवान कहाँ हैं।
(सब हँसते हैं।)

(पर्दा गिरता है।)

दृश्य 4

(पर्दा कुछ क्षण वाद फिर उठता है।)

[दृश्य वही है। वही बरामदा और उसमें का वही सामान। चारपाई वैसे ही बिछी है और उस पर चादर ताने वैसे ही कोई सोया हुआ है। ख़ुरटि वह नहीं ले रहा और नींद में बेहोश पड़ा दिखाई देता है।

कुर्सियों में भी कोई परिवर्तन नहीं हुआ। वैसे ही तिपाई के दोनों ओर पड़ी हैं। हाँ, दो और कुर्सियाँ सामने की ओर रख दी गई हैं, रसोईघर से ज़रा-ज़रा सा धुआँ भी निकल रहा है, यद्यपि उसमें से अब सुगन्धि नहीं आती, क्योंकि अन्दर चूल्हे में अनवरत सुलगने वाले उपलों के धुएँ ने पंडित बसन्तलाल के निरन्तर गुड़गुड़ाने वाले हुक्के के धुएँ से मिलकर उसे परास्त कर दिया है।

पर्दा उठने पर, हम दाईं ओर की कुर्सी पर पंडित

बसन्तलाल को नशे में मदमत्त, हाथ में ख़ाली हुक्के की नै लिये, टाँग पर टाँग धरे, बैठे देखते हैं। चिलम शायद भरे जाने के लिए चली गई है। उनके सामने की कुर्सी पर डॉ. हंसराज बैठे हैं और आकृति उनकी उस कुत्ते की सी बनी हुई है, जो मालिक को खाना खाते देखकर दुम हिलाता हुआ, विनम्र, ख़ुशामदी, लालसा भरी दृष्टि से ताकता हुआ, घुटने टेककर बैठ जाता है कि तनिक मालिक का ध्यान हो तो दुम हिला दे। उसमें और इनमें अन्तर केवल इतना ही है कि इनके दुम नहीं, जिसे ये हिला सकें।

दो बार ख़ाली हुक्के को ही गुड़गुड़ाकर पंडित बसन्तलाल चीख़ते हैं—]

पं. बसन्तलाल : मर गया वहीं चिलम के साथ!

*[स्वर की तीव्रता के बावजूद उसमें वह थथलाहट है जो नशे के आधिक्य की सूचक है।**

रसोईघर से कैलाश की आवाज़ आती है—]

कैलाशपति : आया पिताजी!

[और कुछ क्षण बाद कैलाशपति रसोईघर से चिलम हाथ में लिये, उसमें फूँके मारता हुआ आता है।

आश्चर्य कि उसकी हिंस्र-दृष्टि का कहीं ढूँढ़े से भी पता नहीं चलता और बर्बर-सा न दिखाई देकर वह

---

* इस सारे दृश्य में उनकी यह थथलाहट जारी रहती है, और यद्यपि ज्यों-ज्यों अधिक पीते हैं, अधिक मुखर होते जाते हैं, किन्तु थथलाहट भी उनकी बढ़ती जाती है।

निरीह-सा दिखाई देता है। सिर पर उसके लम्बे-लम्बे बाल नहीं और भवों पर वह तनाव नहीं। सिर पर मशीन फिरी है और जैसे भवों पर भी मशीन फिर गई है, क्योंकि मस्तक पर एक भी तो सिलवट नहीं। चुपचाप बड़े विनम्र भाव से चिलम लाकर हुक्के पर रख देता है।

पं. बसन्तलाल एक कश लगाते हैं और गुर्राते हैं—]

पं. बसन्तलाल : ईडियट*! तुझे चिलम भरने की भी तमीज़ नहीं, बी.ए. पास हो गया है।

[कैलाश आँखें उठाता है, जो शायद फ़रियाद कर रही हैं कि पिताजी, मैं बी.ए. में चिलम भरना नहीं सीखता रहा। तभी डॉक्टर साहब उचक उठते हैं और अपने पिता के हाथ से चिलम ले लेते हैं।]

डॉ. हंसराज : सोलह आने मूर्ख हो। भला कहीं इस तरह चिलम भरी जाती है। देखो, उपले की आग को इस तरह नहीं रखा जाता है। उसके छोटे-छोटे टुकड़े करके रखे जाते हैं और तुमने तमाखू भी ठीक ढंग से न भरी होगी *(पिता से)* मैं जाता हूँ, अभी और चिलम भरके लाता हूँ।

[चिलम लेकर रसोईघर में चले जाते हैं। कैलाशपति कुर्सी पर बैठने लगता है।]

पं. बसन्तलाल : तुम जरा मेरी टाँगें दबाओ!

[टाँगे तिपाई पर रख लेते हैं और पीछे को लेट

---

* Idiot (मूर्ख)

जाते हैं। कैलाशपति मौन रूप से पिता की टाँगें दबाने लगता है।

देव प्रवेश करता है—सिर बिलकुल घुटा हुआ है और चोटी खड़ी है, कैलाशपति उसकी ओर देखता है और हँसी को बरबस रोकता है।]

: वाह देखो, अब कितने अच्छे लगते हो! हमेशा सिर घुटाकर रखा करो! दिमाग़ ताज़ा रहता है; बुद्धि प्रखर होती है और फिर नहाने-धोने में आराम रहता है *(तनिक जोश से)* और फिर यह पुरुषत्व का चिह्न है। पुरुषों को पुरुष दिखाई देना चाहिए और शेरों की भाँति गर्जना चाहिए। *(हँसते हैं।)* अन्य देशों में तो स्त्रियाँ पुरुष बनती जा रही हैं और यहाँ पुरुष स्त्रियाँ बनने में गर्व अनुभव कर रहे हैं। जानते हो चोटी का क्या महत्त्व है?

[दोनों मौन रहते हैं, केवल उनकी प्रश्नसूचक दृष्टि अपने पिता के चेहरे पर जम जाती है।]

पं. बसन्तलाल : चोटी हिन्दुत्व की निशानी है, हिन्दुओं का अपना जातीय चिह्न है *(ख़ाली हुक्के को गुड़गुड़ाते हैं।)* फिर सुनता हूँ मनुस्मृति में यह लिखा है कि चोटी बिजली के वेग को रोकती है। यदि कहीं मनुष्य पर बिजली गिरे तो चोटी के मार्ग से शरीर में होती हुई धरती में प्रवेश कर जाती है।

देव : शायद यही कारण है कि प्राचीन काल में ब्रह्मचारी नंगे सिर रहते थे और चोटी को गाँठ देकर रखते थे कि वह खड़ी रहे।

कैलाशपति : बिलकुल बिजली के कंडक्टरों की भाँति जो ऊँची-ऊँची इमारतों पर लगा दिये जाते हैं—जी वही लोहे के छोटे-छोटे

तीर अथवा त्रिसूल से—ताकि यदि बिजली गिरे तो इमारत सुरक्षित रहे।

देव : *(जिसे अपनी सूझ और स्मृति पर कम गर्व नहीं)* और फिर दादा जी कहा करते थे कि प्राचीन काल के ऋषि-मुनि इसी चोटी से रेडियो का काम लेते थे और बैठे-बिठाये समस्त संसार की ख़बरें सुन लेते थे। संजय ने हस्तिनापुर में बैठे-बैठे महाराज धृतराष्ट्र को कुरुक्षेत्र के युद्ध की जो ख़बर सुनाई, वह इस चोटी के कारण ही तो थी।

[अपनी इस सूझ तथा स्मृति की प्रशंसा पाने के विचार से अपने पिता की ओर देखता है, जो केवल ख़ामोशी से एक-दो बार हुक्का गुड़गुड़ाकर दाद देते हैं।

डॉ. हंसराज चिलम लिये रसोईघर से निकलते हैं।]

डॉ. हंसराज : *(कैलाशपति की ओर देखकर)* देखो अब चिलम भरकर लाया हूँ—पहले तमाखू को भलीभाँति मलकर उसकी टिकिया बनाई, फिर उसे कंकर पर रखकर, उस पर गुड़ के चूरे की हल्की सी तह जमाई, उस पर फिर और तमाखू बखेरा, अँगूठे से उसे धीरे-धीरे जमाया, नीचे से कंकर को तनिक हिला दिया, ताकि जम न जाए। फिर उस पर उपलों की आग रखी—घंटे भर से पहले चिलम बुझ जाए तो नाम नहीं।

[प्रशंसा की याचक निगाहों से अपने पिता की ओर देखते हुए चिलम हुक्के पर रख देते हैं।

पं. बसन्तलाल हुक्का गुड़गुड़ाते हैं, डॉ. हंसराज

उनके सामने की कुर्सी पर बैठ जाते हैं; और यद्यपि कैलाशपति तिपाई पर टिकी हुई उनकी टाँगें दबा रहा है, वे पाँव दबाने लगते हैं।

कुछ क्षण तक हुक्के की गुड़गुड़ का शब्द बरामदे की निस्तब्धता को भंग करता रहता है और धुएँ के कश छत की ओर जाते हुए, रसोईघर से उठने वाले धुएँ से मिलकर आकाश की ओर जाते हैं।

डॉ. हंसराज चुपचाप से खड़े देव को संकेत करते हैं कि वह पीने का सामान लाए और स्वयं अपने पिता के पाँव तनिक और स्निग्धता तथा श्रद्धा से दबाते हुए मतलब की बात आरम्भ करते हैं।]

डॉ. हंसराज : पं. रघुनाथ कल फिर आया था।

पं. बसन्तलाल : *(निपुणता से भरी हुई चिलम के नशे से ऊँघती हुई आवाज़ में)* कौन रघुनाथ?

डॉ. हंसराज : जी वही राय साहब चम्पाराम का पुरोहित। देव तथा कैलाश के लिए पूछने आया था, दो बार पहले भी आ चुका है।

पं. बसन्तलाल : *(तन्द्रिल पलकें उठाकर)* कौन चम्पाराम?

डॉ. हंसराज : जी वही द्वाबा ही का रहने वाला है—वही जी जिसके पास आप एक बार देव की सिफ़ारिश लेकर गए थे, और जिसने सीधे मुँह बात भी न की थी।

पं. बसन्तलाल : *(सहसा उठकर)* वह कमबख़्त चम्पाराम...उसको बिलकुल 'न' कर दो!

[देव मदिरा की बोतल और शीशे का गिलास लाता है।]

डॉ. हंसराज : *(गिलास से मदिरा डालकर उनकी ओर बढ़ाकर, बोतल फिर देव को देते हुए)* यह 'न' करने का समय नहीं पिताजी। इस समय तो बल्कि 'हाँ' करनी चाहिए। हमारे उस अपमान का, इससे बढ़कर और क्या बदला होगा कि वह अपनी लड़कियों की डोलियाँ हमें दे।

[पंडित जी गिलास कंठ में उड़ेलकर फिर दे देते हैं, डॉक्टर साहब बोतल लेकर, उससे तनिक और उड़ेल देते हैं।]

: *(बात को ज़ारी रखते हुए)* और फिर चम्पाराम रसूख वाला आदमी है। कैलाशपति को वह सीधा ही सब-इंस्पेक्टर भरती करवा सकता है। देव का उज्ज्वल भविष्य तथा उन्नति भी इस रिश्ते से सुनिश्चित हो सकती है। और फिर इस आदमी से सम्बन्ध करके और बीसों काम निकल सकते हैं—गुरु को मुक़ाबले में बैठना है, और उसमें भी सिफ़ारिश कम काम नहीं करती।

पं. बसन्तलाल : तो 'हाँ' कर दो!

[फिर टाँगें तिपाई पर रख लेते हैं और पीछे को लेट जाते हैं।]

डॉ. हंसराज : *(उनके पाँवों को दबाते हुए)* किन्तु 'हाँ' किस तरह कर दें। इतने बड़े आदमी की लड़कियाँ घर में यों ही तो नहीं लाई जा सकतीं। उनके लिए सौ-सौ सामान चाहिए। मैंने आपसे कहा था कि आप बीस-बीस हज़ार रुपया देव तथा कैलाश के नाम लगा दें। और जब तक हम अपनी कोठी नहीं बना लेते, बाहर एक कोठी लेकर रहें। फिर तो मैं 'हाँ' करूँ भी। नहीं तो यों ही 'हाँ' करके अपना

अपमान कैसे करवाऊँ *(गिलास उठाकर उनको देते हुए)* और फिर अभी तो पंडित ही देखकर पूछ गया है, जब स्वयं चम्पाराम आया उसे ज्ञात हुआ कि लड़कों के पल्ले पैसा भी नहीं तो...

पं. बसन्तलाल : *(सहसा उठकर और टाँगें नीचे करके)* देव...

देव : जी!

पं. बसन्तलाल : जाओ मेरी चैक बुक उठा लाओ।

[देव बोतल तथा गिलास कैलाशपति को देकर भाग जाता है।]

: चम्पाराम को भी मालूम होगा कि बसन्तलाल कोई ऐसा-वैसा आदमी नहीं है।

डॉ. हंसराज : *(रद्दा जमाते हुए)* ख़ुशामद चाटुकारी से प्राप्त किये हुए धन का उसे गर्व है। भाइयों का गला काटकर वह आज धनाढ्य...

पं. बसन्तलाल : तो हटाओ, उस नीच की लड़कियों से हम अपने पुत्रों का विवाह न करेंगे।

[फिर पीछे को लेट जाते हैं और हुक्का गुड़गुड़ाते हैं]

डॉ. हंसराज : *(चौंककर फिर पाँवों को दबाते हुए)* विष के मारने को विष महाबली है, पिताजी। धनी का दर्प धन ही से चूर हो सकता है।

[देव चैक बुक ले आता है। डॉक्टर हंसराज हाथ बढ़ा देते हैं।]

: लाओ, इधर लाओ।

*[देव चैक बुक डॉक्टर साहब को देकर फिर बोतल तथा गिलास थाम लेता है और कैलाश फिर अपने कर्तव्य में रत हो जाता है।]**

: *(फाउंटेन-पेन निकालकर चैक-बुक खोलते हुए)* तो बीस हज़ार कैलाश के नाम लिख दूँ।

[लिखते हैं]

: और देव के नाम। देव तो बड़ा है। उसे दस हज़ार अधिक मिलना चाहिए तीस हज़ार देव को मिलना चाहिए।

पं. बसन्तलाल : *(आँखें बन्द किये पूर्ववत् हुक्का गुड़गुड़ाते हुए)* हाँ...हाँ उसके नाम तीस हज़ार लिख दो।

[डॉ. हंसराज लिखते हैं।

सिर घुटाए, जाँघिए लगाए, तेल की मालिश से शरीर चमकाए कवि हरेन्द्र और भावी आई.सी. एस. गुरु नारायण प्रवेश करते हैं।]

पं. बसन्तलाल : कितने डंड पेलकर आए?

गुरु : मैंने जी पचास डंड पेले और पचास बैठक निकालीं।

पं. बसन्तलाल : और तुमने हरि।

हरि : मैं पचीस से अधिक नहीं निकाल सका।

---

1. यह दृश्य जब तक रहता है पुत्र अपना कर्तव्य भलीभाँति निभाते हैं, डॉ. हंसराज बहुत देर तक अपने पिता को नशे के बिना नहीं रहने देते। कैलाशपति एक बार जो टाँगें दबाने लगा है, तो वहीं बैठा है। जब वे टाँगें तिपाई पर रख देते हैं, वह उन्हें दबाना शुरू कर देता है। देव जो एक बार बोतल तथा गिलास लाता है तो उन्हें लिये खड़ा रहता है। जब डॉ. साहब उससे लेकर मदिरा गिलास से उड़ेल देते हैं तो वह बोतल थाम लेता है, पंडित जी जब गिलास ख़ाली कर लेते हैं तो वह उसे थाम लेता है। दूसरों को भी जब कोई काम नहीं होता तो वे अपने पिता के कन्धे अथवा बाजू आदि दबाने लगते हैं।

पं. बसन्तलाल : *(हुक्के का कश लगाकर)* बस प्रतिदिन दो बढ़ाओ। धीरे-धीरे तुम देखोगे कि कुछ भी कठिनाई नहीं लगती। इधर आओ!

[दोनों झिझकते हुए अपने पिता के समीप जाते हैं। पं. बसन्तलाल गुरु की गर्दन पर अपनी कलाई से एक धौल जमाते हैं—इतने ज़ोर से कि गुरु बड़ी मुश्किल से सँभलता है।]

पं. बसन्तलाल : हाँ, अब तुम बलवान हो रहे हो। लाओ तनिक पंजा।

[अनिच्छा पूर्वक गुरु पंजा देता है। पं. बसन्तलाल उससे पंजा लड़ाते हैं।]

: मरोड़ो।

[गुरु ज़ोर लगाता है, पर पंजा मरोड़ना तो दूर रहा, हिला तक नहीं पाता। पं. बसन्तलाल छोड़ देते हैं।]

: पंजा लड़ाने का अभ्यास किया करो। इससे जहाँ हाथ की उँगलियाँ सुदृढ़ होती हैं, वहाँ कलाई भी सुपुष्ट होती है। जब मैं पढ़ता था तो बड़े-बड़ों से पंजा ले लेता था। और फिर यदि किसी की कलाई पकड़ लेता था तो उसे छुड़ाना दुष्कर हो जाता था। *(हरि से)* इधर आओ, देखूँ तुझमें कुछ बल आया है या नहीं?

हरि : *(गुरु की गर्दन पर धौल पड़ते देखकर ही जिसका रंग पीला हो गया है।)* जी, अभी क्या आया होगा, मैं तो अभी पच्चीस डंड ही मुश्किल से पेल सकता हूँ।

पं. बसन्तलाल : नहीं, इधर आओ!

[झिझकता-झिझकता हरिनाथ पिता के पास आता है, पं. बसन्तलाल उसकी कलाई पकड़ते हैं]

: छुड़ाओ, ज़ोर लगाओ।

[बेचारा हरिनाथ भरसक ज़ोर लगाता है, पर छुड़ा नहीं पाता। तब पं. बसन्तलाल झटका देकर उसकी कलाई छोड़ देते हैं।]

: तुझमें क्या बल आएगा कमबख़्त। सारा दिन कविताएँ लिखता रहता है। कविताओं से क्या होगा? और फिर उनसे, जो तू लिखता है। बलवान बन, बलवान! डंड पेल, कबड्डी खेल, दौड़ लगा, कुश्ती लड़!...यदि कल तेरी पत्नी को कोई उठाने आ जाए, तो अपने इस तिनके से कोमल शरीर को लेकर तू क्या करेगा, जिसमें न बल है, न साहस। कविता सुना देने मात्र से तो अत्याचारी पीछे न हटेगा। *(हुक्का गुड़गुड़ाकर और खाँसकर)* संसार में सदैव लाठी वाले की भैंस होती आई है और लाठी उसके हाथ में होती है, जिसकी भुजाओं में बल हो और सीने में साहस। *(फिर कश लगाते, खाँसते और खखारते हैं।* प्रतिदिन नियमित रूप से व्यायाम किया करो और 'सौंची पक्की' खेला करो ताकि तुम्हारा सीना मज़बूत हो।

डॉ. हंसराज : यह 'सौंची पक्की' क्या बला होती है?

[पं. बसन्तलाल लड़खड़ाते हुए उठते हैं और गुरु के सामने आ खड़े होते हैं और अपना बायाँ पाँव आगे बढ़ाते हैं।]

: अपना बायाँ पाँव आगे बढ़ाओ।

[गुरु अपना पाँव आगे बढ़ाता है।]

: अब अपनी दोनों हथेलियाँ मेरे सीने पर मारो।

[गुरु झिझकता हुआ अपने दोनों हाथ अपने पिता के वक्ष पर मारता है।]

: अब पीछे हटो, मैं मारता हूँ। अपने वक्ष पर मेरे हाथ लो!

[पीछे हटकर अपने दोनों हाथ गुरु के सीने पर मारते हैं—इस ज़ोर से कि ग़रीब पीछे गिरता-गिरता बचता है।

दीनदयाल प्रवेश करता है और गुरु, जिसका सीना केवल एक बार की 'सौंची पक्की' से दर्द करने लगा है, पीछे हट जाता है।

दीनदयाल पं. बसन्तलाल ही की आयु का व्यक्ति है। बड़े अच्छे सूट में आवृत है। आकृति उसकी ऐसी है कि उसे देखकर उसके आन्तरिक भावों को जान लेना बड़ा कठिन है। यद्यपि आयु ने उसके चेहरे पर अपनी रेखाएँ बनानी आरम्भ कर दी हैं, तो भी वह काफ़ी भरा हुआ है। होंठों की सहज-मुस्कान और स्वभाव की, अभ्यास से पैदा की हुई, विनम्रता ने उस पर एक खोल-सा चढ़ा रखा है। केवल उनकी आँखों में कुछ ऐसी अमानुषिक चमक है, जो उसके इस खोल का भेद खोल देती है, पर उस चमक को पहली नज़र में देख लेना साधारण व्यक्ति के बस की बात नहीं।]

दीनदयाल : वाह, ख़ूब अखाड़ा बना रखा है। तुम भी...बसन्तलाल... *(हँसता है।)* तुम्हें सभ्यता कभी न छुएगी।

[बसन्तलाल गुरु को उसकी निर्बलता पर कुछ कहने ही जा रहे थे कि दीनदयाल को देखकर वापस आकर कुर्सी में धँस जाते हैं। गुरु गिरता-गिरता सँभलकर 'नमस्कार' करता है; देव के हाथ ख़ाली नहीं; इसलिए वह बोतल और गिलास समेत हाथों को मस्तक से लगाकर अभिवादन करता है, हरिनाथ अपने आप को इस वेश में देखकर घबरा जाता है और 'नमस्कार' करना भूल जाता है; केवल डॉक्टर साहब सहज-भाव से उठकर 'नमस्कार' करके कुर्सी पेश करते हैं।]

पं. बसन्तलाल : *(कुर्सी में धँसते हुए)* सभ्यता...

[देव से बोतल और गिलास लेना चाहते हैं। डॉ. हंसराज व्यस्त होते हुए स्वयं बोतल और गिलास लेकर पैग बनाकर उन्हें देते हैं।]

: *(एक ही बार में उसे कंठ में उड़ेलकर, दीनदयाल का कन्धा पकड़कर झकझोरते हुए)* आजकल की सभ्यता में है क्या! उसमें साहस कहाँ है? दयानतदारी कहाँ है? सत्य कहाँ है? सहिष्णुता, सहानुभूति, दया और कृतज्ञता कहाँ है? *(हुक्का गुड़गुड़ाते हैं।)* यह सभ्यता दिखावे की सभ्यता है, छल, कपट, और प्रपंच की सभ्यता है यह। ब्राह्मण की सभ्यता है। *(खखारते और झूमते हैं।)* रुपये के बल पर पुत्र को पिता के विरुद्ध ख़रीद लो; भाई को भाई के विरुद्ध ख़रीद लो; नौकर को स्वामी के विरुद्ध ख़रीद

लो; मित्र को मित्र के विरुद्ध ख़रीद लो और देशसेवक को राष्ट्र के विरुद्ध ख़रीद लो। *(दीनदयाल को बाजू से पकड़कर झकझोरते हुए)* तुम किस सभ्यता का ज़िक्र करते हो, आज पैसे के बल पर मैं सारी दुनिया और उसकी सभ्यता को ख़रीद सकता हूँ। *(टाँगें तिपाई पर रखकर पीछे लेट जाते हैं।)* आज जिस पागल को कोई पूछता नहीं, जिसके मस्तिष्क में सोलह आने भुस भरा हुआ है, कोई बड़ा आदमी तो क्या क्लर्क तक जिस मूर्ख से बात करना पसन्द नहीं करता, उसके पास आज यदि कहीं से धन आ जाए तो कल बड़े से बड़ा आदमी उसे अपना दामाद बना सकता है। सभ्यता...*(हँसते हैं और नशे में कुर्सी पर ही झूलते हैं।)* मैं पूछता हूँ, इसमें हड्डी कहाँ है? स्थायित्व कहाँ है? इस लचलचाती, खोखली सभ्यता की दुहाई देकर तुम मेरा उपहास उड़ाना चाहते हो कमबख़्त...

[हुक्का गुड़गुड़ाते हैं।]

दीनदयाल : *(चतुर)* और तुम्हें इस नंग-धड़ंग सभ्यता का मान है। है न?

पं. बसन्तलाल : *(दीनदयाल के जाल में फँसकर जोश के साथ)* इसमें अपनापन तो है, निजत्व तो है, *(फिर हुक्के का कश खींचते हैं।)* यह चिलम तो बुझ गई। *(चिलम को उतार कर देखते हैं।)* इन कमबख़्तों को कभी चिलम तक न भरनी आएगी।

[कैलाशपति वहीं बैठा-बैठा उस व्यंग्य भरी मुस्कान से डॉक्टर साहब की ओर देखता है जो कदाचित्

यह कह रही है कि यदि मूर्खता का यही मानदंड है तो इस दृष्टि से हम सभी सोलह आने मूर्ख हैं। परन्तु डॉक्टर हंसराज उसकी ओर नहीं देखते, चिलम अपने पिता से लेकर वे हरिनाथ की ओर बढ़ा देते हैं।]

डॉ. हंसराज : इसे भागकर भर लाओ हरि।

[और वह बड़ी सुकोमल अभिरुचि का सात्त्विक, परहेजगार कवि, जिसे सिगरेट और शराब के नाम से ही घबराहट होती थी, लपककर चिलम ले लेता है और रसोईघर की ओर जल्दी से बढ़ता है।]

पं. बसन्तलाल : *(ख़ाली हुक्के गुड़गुड़ाते हुए दीनदयाल से)* सुन्दर आवरणों में आवृत, मात्र दिखावे की इस सभ्यता में वह निजत्व कहाँ। इसने तुमसे तुम्हारा अपनापन छीन लिया है। तुम 'तुम' कहाँ हो। भाषा तुम अपनी नहीं बोलते, चाल तुम अपनी नहीं चलते, वेशभूषा तुम्हारी अपनी नहीं। तुम्हारा जो कुछ है दूसरों का है, दूसरों के लिए है।

[देव के हाथ में की बोतल की ओर देखते हैं।]

डॉ. हंसराज : देव इधर लाओ।

पं. बसन्तलाल : नहीं रहने दो, मैं होश खो दूँगा।

दीनदयाल : तुम-सा पियक्कड़ एक बोतल में होश खो देगा!

[हँसता है।]

पं. बसन्तलाल : *(मदमत्त निगाहों से उसकी ओर देखते हुए)* यह दूसरी है, सुबह से पी रहा हूँ...सुन लिया...अब भूलकर भी मुझे

सभ्य-असभ्य का ताना न देना।

दीनदयाल : *(अपने आदमी होने पर गर्व के साथ)* तुम कोई आदमी हो, शिष्टाचार तुममें नाम को नहीं।

पं. बसन्तलाल : *(तुनककर उसके घुटने को झकझोरते हुए)* जिसे तुम शिष्टाचार, एटीकेट (Etiquette) कहते हो, इसके चक्कर में पड़े कि गए। फिर रुकाव नहीं! प्रातः उठने के साथ ही यह शिष्टाचार गला दबा लेता है। यह करो, यह न करो; यह पहनो, यह न पहनो, ऐसे चलो, ऐसे न चलो, ऐसे बोलो, ऐसे न बोलो, ऐसे हँसो, ऐसे न हँसो, ऐसे रोओ, ऐसे न रोओ! *(हँसते हैं, ख़ाली हुक्का गुड़गुड़ाते हैं।)* यहाँ तक कि तुम अपनी स्वाभाविक बोली, पहनावा, चाल-ढाल हँसी-रुदन सब कुछ भूल जाते हो।

[ख़ाली हुक्का गुड़गुड़ाते हैं।]

पं. बसन्तलाल : मैंने एक युवक को देखा, जब उसने वकालत पास की तो अच्छा-भला समझदार, मृदु-भाषी सरल, हँसमुख युवक था। स्वाभाविक रूप से हँसता-बोलता था। फिर वह आई.सी.एस. हो गया। लगे शिष्टाचार और सभ्यता उसका गला दबाने। एक पार्टी में मैंने उसे देखा। बस उसमें शिष्टाचार और सभ्यता ही थी और कुछ न था। न वह भाषा न स्वर, न हँसी न बोली, न चाल न ढाल, उसका अस्तित्व तक कृत्रिम नज़र आता था। मुझे उस बेचारे पर दया हो आई!

[ख़ाली हुक्के को गुड़गुड़ाते हैं और ज़ोर से चीखते हैं।]

: अरे हरि, मर गया चिलम के साथ वहीं! *(फिर दीनदयाल*

से) और फिर सभ्य समाज के इन नियमों का अन्त कहाँ है। ज्यों-ज्यों सभ्य से सभ्यतर समाज में जाओ, 'ऐसे करो', 'ऐसे न करो' की बेड़ियाँ अपने पाँवों में बढ़ाते जाओ! मेरा तो ऐसी सभ्यता में दम घुट जाए!

[हरिनाथ चुपचाप आकर चिलम रख देता है]

डॉ. हंसराज : पिताजी ने निश्चय किया है कि तीस हज़ार के ख़र्च से एक विशाल व्यायामशाला खोलेंगे।

दीनदयाल : लेकिन तुम्हारे इन डंड बैठकों और 'सौंची पक्की', से होगा क्या, लोग तोपें और तलवारें...

पं. बसन्तलाल : *(देव से लेकर थोड़ा-सा और पेय कंठ में उड़ेलकर और दीनदयाल का हाथ थाम उसे सुझाते हुए)* तोपें-तलवारें क्या भगोड़े चला सकेंगे, उनके लिए मानसिक और शारीरिक बल की आवश्यकता है। शरीर में बल हो, मन में साहस हो तो लाठी की जगह तलवार, बन्दूक़ या तोप ले सकती है और कुश्ती का स्थान युद्ध।

दीनदयाल : लेकिन महात्मा गांधी तो अहिंसा का प्रचार कर रहे हैं।

पं. बसन्तलाल : *(हाथ छोड़कर उसका कन्धा पकड़ते हुए)* महात्मा गांधी की अहिंसा बलवानों की अहिंसा है, ठोस आदमियों की अहिंसा है, भगोड़ों या हिजड़ों की अहिंसा नहीं। मैं अपने बेटों के नाम बीस हज़ार रुपया लगाने जा रहा हूँ और मैं चाहता हूँ कि उस रुपये को पाकर भी वे अपना निजत्व कायम रखें।

[बोतल से काफ़ी बड़ा पैग भरकर एक ही बार पी लेते हैं और कुर्सी पर पीछे को लेट जाते हैं, टाँगें भी उठाकर कुर्सी पर रख लेते हैं, आँखें बन्द कर लेते हैं और मौन रूप से हुक्का गुड़गुड़ाते हैं।]

डॉ. हंसराज : *(घूम-फिरकर पुनः मतलब की बात पर आते हुए)* परन्तु गुरु का भी तो बताइए, वह कम-से-कम एम.ए. तक पढ़ेगा और मेरी प्रबल इच्छा है कि वह आई.सी.एस. की प्रतियोगिता में बैठे!

पं. बसन्तलाल : *(वहीं लेटे-लेटे)* दस हज़ार उसके नाम लिख दो!

डॉ. हंसराज : पर अभी आपने कहा था कि मैं हर एक के नाम बीस हज़ार रुपया लगवा दूँगा।

गुरु : और फिर इन सबकी पढ़ाई पर तो इतना ख़र्च आया है, मेरी...

पं. बसन्तलाल : *(डॉ. हंसराज से)* बीस हज़ार इसके नाम लिख दो!

दीनदयाल : *(सुअवसर देखकर)* कहो भाई हरि, तुमने उस मशीन के सम्बन्ध में निश्चय किया है या नहीं?

हरिनाथ : मेरी ओर से तो निश्चय ही निश्चय है। शेष सब तो पिताजी पर निर्भर है।

दीनदयाल : क्यों भाई बसन्तलाल, तुम इसे बड़ी सिलंडर मशीन क्यों नहीं लगवा देते? उस खिलौने की ठिच-ठिच में यह क्या लगा रहता है। देखो इसे सिलंडर मशीन लगवा दो! अच्छा मशीनमैन रखे, अच्छा टाइप मँगवाये, फिर देखो दिनों में ही इसका प्रेस और पत्र कहाँ जाता है।

पं. बसन्तलाल : *(लगभग ऊँघते हुए)* कितने की आती है?

दीनदयाल : आजकल तो उसकी क़ीमत बाईस हज़ार हो गई है। लोहे का मूल्य दिन-प्रतिदिन चढ़ रहा है, पर मैंने जो कह दिया, कह दिया। अपने वचन से बँधा मैं बैठा हूँ। इतने दिन से मैंने केवल इसके लिए ही रख छोड़ी है। हरि ने इच्छा प्रकट की थी। किन्तु यदि और दस दिन यह मशीन पड़ी रही तो उसका मूल्य दुगुना हो जाएगा, फिर मैं विवश हो जाऊँगा और तुम भी बसन्तलाल, फिर मुझे कुछ न कहना!

पं. बसन्तलाल : *(नशे की झोंक में)* बाईस हज़ार का चैक दीनदयाल के नाम काट दो।

डॉ. हंसराज : लेकिन इन बाईस हज़ार से क्या होगा? सिलंडर मशीन आएगी तो क्या टाइप वही घिसा हुआ रहेगा, जिसकी मात्राएँ छोड़, शब्द के शब्द उड़ जाते हैं, और फिर काम बढ़ाने के लिए हाथ में क्या पूँजी न चाहिए।

दीनदयाल : मैं कहता हूँ बसन्तलाल, इन एक-दो महीनों में तुमने लगभग एक लाख रुपया उड़ा दिया है, उस दिन तुमने उस उठाईगीर ब्राह्मण को दो हज़ार रुपये तीर्थाटन के लिए दे दिये!

पं. बसन्तलाल : वह बड़ा श्रेष्ठ व्यक्ति था।

डॉ. हंसराज : पिताजी-सा दिल रखने वाला लाखों में—मैं कहता हूँ—लाखों में क्या, करोड़ों में कोई विरला ही मिलेगा। चचा जी, आपसे क्या छिपा है—एक दिन घर में कुछ तंगी थी। माँ किसी से बीस रुपये उधार लाई थी। वे सब पिताजी ने एक 'श्रेष्ठ व्यक्ति' को दे दिये। श्रेष्ठ व्यक्तियों की जो पहचान इन्हें है, वह किसे होगी?

दीनदयाल : तीन-चार हज़ार टाइप के लिए चाहिए। फिर प्रूफ़ निकालने वाला प्रेस और कटिंग मशीन भी तो ख़रीदनी पड़ेगी। फिर दस एक हज़ार रुपया हाथ में चाहिए, नहीं तो छापाख़ाना सफ़ेद हाथी बन जाता है।

डॉ. हंसराज : मैं पैंतीस हज़ार लिखने लगा हूँ।

पं. बसन्तलाल : तुम सैंतीस हज़ार लिख लो।

[उठकर गिलास देव के हाथ से लेते हैं। सैंतीस हज़ार का नाम सुनकर कवि हरिनाथ का चेहरा दुगुना हो जाता है। विद्युत की सी तेज़ी से इधर-उधर वह

देखता है कि वह क्या कर सकता है। जी उसका चाहता है कि अपने इस पिता के पाँवों से लिपट जाए, जब कुछ नहीं सूझता तो गिलास अपने पिता के हाथ से लेकर और बोतल देव के हाथ से लेकर वह बड़ी तत्परता से मदिरा ढालकर गिलास अपने पिता को दे देता है।]

पं. बसन्तलाल : *(गिलास दीनदयाल की ओर बढ़ाकर)* अरे तुमने लिया ही नहीं, मैं तो भूल ही गया, लो न *(और आगे बढ़ाते हुए)* लो!

दीनदयाल : *(लालसा भरी दबी दृष्टि से गिलास की ओर देखकर)* नहीं...नहीं...

पं. बसन्तलाल : *(बरबस गिलास उसके हाथों में देते हुए)* अरे लो।

दीनदयाल : *(गिलास को एक ही घूँट में ख़ाली करके और पेय की कड़वाहट के कारण तनिक खाँस कर और रूमाल से मुँह साफ़ करके)* तुम्हें तो पता है बसन्तलाल, मैं रवि और मंगल के दिन नहीं पीता।

पं. बसन्तलाल : *(अपने लिए पैग बनाते हुए)* और ये सब कहते हैं कि तुम शराबी हो। *(गिलास ख़ाली करके अपने पुत्रों को सम्बोधित करते हुए)* देखो कितना संयम है दीनदयाल में। मंगल और रवि के दिन यह बिलकुल नहीं पीता, *(शून्य में हाथ से घेरा बनाते हुए)* यह इस युग का राजा जनक है, धन और ऐश्वर्य में रहते हुए भी सर्वथा निर्लिप्त!

[पीछे की ओर लेट जाते हैं। चचा चाननराम प्रवेश करते हैं, डॉक्टर हंसराज और दूसरे भाई उठकर 'नमस्ते' करते हैं। चचा चाननराम पं. बसन्तलाल के पाँव छूते हैं।]

पं. बसन्तलाल : *(उठकर आशीर्वाद देते हुए)* चिरंजीव रहो *(फिर अपने पुत्रों से)* एक तुम हो कि अपने शिष्टाचार और सभ्यता को लिये फिरते हो। बड़ों का सत्कार इस तरह किया जाता है? *(नक़ल उतारते हुए)*—"चचा जी नमस्ते"—गोली मारो नमस्ते को!—प्रणाम करो सब!

[फिर टाँगें तिपाई पर रख लेते हैं और पीछे को लेट जाते हैं। सब भाई बारी-बारी चचा चाननराम के घुटनों को छूते हैं। और वे 'चिरंजीव रहो', 'चिरंजीव रहो' कहते हुए दीनदयाल के साथ वाली कुर्सी पर डट जाते हैं।]

चाननराम : *(नये मिले सत्कार से फूलकर बैठते ही)* मैं कहता हूँ, अब जगह ख़रीदने और कोठी बनवाने का पचड़ा मोल लेने की आवश्यकता नहीं।

[डॉ. हंसराज प्रश्न-सूचक दृष्टि से देखते हैं।]

चाननराम : तीस हज़ार में बनी-बनाई कोठी मिल सकती है, मेरा मित्र है न लज्जाराम, कमीशन एजेंट, उसने मुझे उस कोठी का पता बताया है। गैरेज है, लॉन है, ड्राइंगरूम है, दस कमरे हैं, सुन्दर स्नानगृह है, फ्लश-सिस्टम है, छोटी-सी बैडमिंटन कोर्ट है, मैं कहता हूँ, क्या नहीं है? और फिर इर्द-गिर्द चारदीवारी है, चाहो तो मज़े से वहाँ अखाड़ा बनवा लो, मुगदर रख लो।

पं. बसन्तलाल : बस वह कोठी ले लो...

डॉ. हंसराज : मैं देख लूँ।

पं. बसन्तलाल : देखने की क्या ज़रूरत है, चाननराम ने जो देख ली है।

चाननराम : मेरे मित्र लज्जाराम ने कहा कि पं. बसन्तलाल के लिए

उससे अच्छी कोठी सारे लाहौर में कहीं नहीं मिल सकती और दुनिया इधर की उधर हो जाए, मेरा मित्र झूठ नहीं बोल सकता।

दीनदयाल : साधारण दलाल से जो वह इतना बड़ा कमीशन एजेंट बन गया है कि दो-दो कारें उसके दरवाज़े पर खड़ी रहती हैं, यह सब उसकी 'सत्यवादिता' ही का तो चमत्कार है।

डॉ. हंसराज : बहरहाल मैं तीस हज़ार का चैक कोठी के खाते काट रखता हूँ, पर पहले मैं उसे देखूँगा ज़रूर।

चाननराम : मेरे मित्र लज्जाराम ने मुझे रियायती दाम बताए हैं।

पं. बसन्तलाल : लज्जाराम बड़ा श्रेष्ठ व्यक्ति है।

दीनदयाल : इसमें क्या सन्देह है।

चाननराम : *(डॉ. हंसराज से)* और कहो बेटा, तुमने कौन-सी जगह अपने काम के लिए पसन्द की?

डॉ. हंसराज : *(फिर अपने पिता के पाँव दबाते हुए)* जगह तो मैंने पसन्द कर ली है और आप भी पसन्द कर लेंगे। मॉल पर है, और बिलकुल अलग है, पर किराया वे छह महीने का पेशगी माँगते हैं।

चाननराम : हाँ किराया तो माँगेंगे ही। पर क्या डर है, यदि जगह अच्छी हुई तो दे देना। कहाँ है?

डॉ. हंसराज : अजी वहीं जो हॉलरोड और मॉलरोड के चौराहे पर है।

चाननराम : *(लगभग उछलकर)* चौराहे पर! तब तो मेरे मित्र लज्जाराम ने ठीक ही कहा था, टेम्पल रोड के बिलकुल पास! वहीं वह कोठी है, जिसका मैंने ज़िक्र किया।

डॉ. हंसराज : बेहद मौक़े की जगह है—एक ओर मॉल है दूसरी ओर हॉल। छोटा-सा लान आगे है, गैरेज भी है। और मोटर के लिए गोल मार्ग बना हुआ है। *(धीरे से)* प्रैक्टिस ज़माने के लिए मोटर तो रखनी ही पड़ेगी।

चाननराम : किराया क्या है?

डॉ. हंसराज : तीन सौ रुपया मासिक!

चाननराम : ऐसी कोठी का तो साल भर का किराया पेशगी दे देना चाहिए।

पं. बसन्तलाल : *(जो इस बीच में नशे में गुट पड़े हैं)* दो साल का पेशगी दे दो!

दीनदयाल : *(जो शायद चुप बैठा ऊब गया है और जिसे सहसा अपनी मशीन के बेचने का ख़याल आ गया है।)* जगह भी तो मॉल पर है।

डॉ. हंसराज : और वहाँ दस एक बिस्तर भी आ सकते हैं—बीमार के—मैं जो सेनीटोरियम खोलना चाहता हूँ, उसकी नींव इसी तरह तो पड़ेगी। ख़ास रोगियों का उपचार मैं वहाँ किया करूँगा और अपनी प्रसिद्धि के लिए अपनी सेवाएँ किसी फ्री अस्पताल को फ्री* दे दूँगा। डॉ. लूम्बा क्या करता है?...राधेश्याम फ्री अस्पताल में उसने अपनी सेवाएँ दे रखी हैं, पर ऑपरेशन जो वह करता है, उनमें से 75 प्रतिशत सीधे स्वर्ग के पासपोर्ट सिद्ध होते हैं। किन्तु इसी तरह तो अनुभव प्राप्त होता है। और देख लीजिएगा, कल लूम्बा शैतान की तरह प्रसिद्ध हो जाएगा। जिसके हाथों कम-से-कम सौ आदमी मुक्ति न पा जाएँ, वह सर्जन कैसा!

चाननराम : तुमने कृष्ण के सम्बन्ध में भी कुछ सोचा?

डॉ. हंसराज : मैं उसे अपने साथ रखूँगा। शुरू-शुरू में उसका उत्साह बढ़ाने के लिए जो आप कहेंगे, दे भी दूँगा। और मैं आपको विश्वास दिलाता हूँ, मेरे साथ यदि वह दो वर्ष रह गया तो निपुण सर्जन बन जाएगा।

---

* निःशुल्क।

चाननराम : वह स्वयं होशियार है। कॉलेज में प्रोफ़ेसर उसकी प्रशंसा करते थे। वह तो कहता था—मुझे अलग से दुकान खोलवा दो! पर मुझमें हिम्मत नहीं।

डॉ. हंसराज : सब कुछ पिताजी पर निर्भर है, मैं आपकी भरसक सहायता करूँगा। कृष्ण...

पं. बसन्तलाल : *(ख़ुमारी से जागते हुए)* कृष्ण बड़ा श्रेष्ठ लड़का है।

[आँखें बन्द किये हुए हुक्का गुड़गुड़ाते हैं।]

चाननराम : आप भाई साहब, हंस को मॉलरोड पर दुकान क्यों नहीं खुलवा देते। अब मौक़े की जगह मिल रही है, फिर कौन जाने वर्ष भर जगह न मिले। वहाँ दुकान खोलते ही हंस का नाम प्रान्त भर में प्रसिद्ध हो जाएगा।

पं. बसन्तलाल : *(पूर्ववत् आँखें बन्द किए)* तो खोल लो वहाँ!

चाननराम : खोल कैसे लें? कल आप तो रुपया उड़ा दें और इसके लिए उस दुकान का किराया तक देना कठिन हो जाए। देखो भाई, हंस के नाम तीस-चालीस हज़ार रुपया लगा दो।

डॉ. हंसराज : तीस-चालीस हज़ार से क्या होगा *(दीनदयाल से)* क्यों चाचा जी, सामान तो आपके यहाँ से ही आएगा। मॉल पर दुकान जमाने के लिए बीस हज़ार तो सामान पर ही लगाना पड़ेगा और फिर कार भी रखनी पड़ेगी और शोफर भी और नौकर भी।

[पंडित बसन्तलाल उठकर देव की ओर हाथ बढ़ाते हैं। डॉ. हंसराज गिलास में काफ़ी पेय डालकर उनको देते हैं।]

: *(अपनी बात जारी रखते हुए)* कम-से-कम पचास हज़ार

तो मुझे दिया जाए।

चाननराम : पचास हज़ार से कम में कैसे काम चल सकता है!

दीनदयाल : मॉल पर लाख भी लग जाए तो अधिक नहीं।

पं. बसन्तलाल : *(गिलास ख़ाली करके मूँछें पोंछते हुए)* तो पचास हज़ार लिख लो! *(गिलास मेज़ पर पटककर पीछे लुढ़कते हुए)* देव कुछ गाओ!

[देव चुप रहता है।]

(उसी प्रकार नशे में आँखें बन्द किये कड़ककर) गाओ!

देव : जी मैं...

पं. बसन्तलाल : कहता हूँ गाओ! *(ज़ोर से हवा में हाथ मारते हैं, हुक्का गिर जाता है, और चिलम दूर तक लुढ़कती जाती है)* गाओ!

[अत्यन्त बेसुरे तौर पर देव गाना आरम्भ करता है]

"ओ जीने वाले...हँसते-हँसते जीना!"

पं. बसन्तलाल : *(उठकर झूमते हुए)* चल कमबख़्त, तू क्या गाएगा? मैं गाता हूँ।

डॉ. हंसराज : *(हस्ताक्षर करने के लिए चैक बुक अपने पिता के सामने करके, फाउंटेन क़लम उनके हाथ में देते हुए)* पिताजी जब गाया करते थे तो उनका स्वर मीलों तक लहराता चला जाता था।

[सच चैकों पर हस्ताक्षर करके बोतल का शेष पेय गले में उड़ेलकर, लड़खड़ाते हुए, पंडित बसन्तलाल उठते हैं और थथलाती लेकिन अत्यन्त सुरीली और ऊँची आवाज़ में गाना शुरू करते हैं।

"दे डारो राधे रानी बाँसुरी मोरी"

किन्तु उनका स्वर फट जाता है और वे लड़खड़ाते हुए कुर्सी पर गिर पड़ते हैं।]

पं. बसन्तलाल : जब मैं स्कूल में पढ़ता था तो कृष्ण बना करता था, और मेरा स्वर...पर अब इस शराब कमबख़्त ने मेरा सत्यानाश कर दिया है। मेरा वह स्वर नहीं रहा, मेरा वह कंठ नहीं रहा, मेरी वह देह नहीं रही। *(सहसा कंठ भर लाते हैं।)* देखो बेटा, इस कमबख़्त को मुँह न लगाना इस कमबख़्त ने...

[हुक्के को हाथ से टटोलते हुए नशे में बेहोश हो जाते हैं।]

डॉ. हंसराज : ये तो गुट हो गए।

पं. बसन्तलाल : *(उठने का विफल प्रयास करते हुए)* कौन कहता है। मैं अभी पूरी बोतल चढ़ा सकता हूँ। दीनदयाल आओ...

दीनदयाल : *(उठता हुआ)* तुम्हें तो मालूम है। मैं मंगल और रवि के दिन नहीं पीता।

(बसन्तलाल फिर मदहोश हो जाते हैं।)

(पर्दा गिरता है।)

दृश्य 5

(पर्दा धीरे-धीरे उठता है।)

[सामने स्टेज पर अँधेरा है, किन्तु प्रकाश से सहसा अन्धकार में आने पर यद्यपि आँखें कुछ भी नहीं देख पातीं, तो भी उससे तनिक अभ्यस्त होने पर वे देखना आरम्भ कर देती है। और फिर यहाँ तो सामने के दरवाज़ों के शीशे अन्दर के प्रकाश के कारण चमक रहे हैं। इसलिए कुछ-कुछ दिखाई देने लगता है।

सामने एक बरामदा दिखाई देता है, वह हमारा पूर्व परिचित बरामदा है या कोई और, यह बात निश्चय के साथ नहीं कही जा सकती। सामान उसमें कुछ नहीं और शायद इसलिए कुछ खुला-खुला सा दिखाई देता है। केवल एक ओर एक चारपाई बिछी नज़र आती है और अन्धकार से तनिक और अभ्यस्त होने पर हम देखते हैं कि उस पर कोई सोया हुआ भी है।

एक-दो बार कुछ अव्यवस्थित से खर्राटों की आवाज़ भी आती है। फिर ख़ामोशी छा जाती है। फिर दो छायाएँ स्टेज पर आती हैं।]

एक : नहीं चचा जी, आप हमारी ख़ातिर यह कष्ट न कीजिए, भला मैं यह कैसे सहन कर सकता हूँ कि हमारे लिए आपको चार-पाँच हज़ार की हानि सहन करनी पड़े। उस मशीन को बेच दीजिएगा।

दूसरी : किन्तु इतनी सस्ती और अच्छी मशीन आपको इतने सस्ते में हाथ न आएगी और फिर और दस दिन तक उसकी क़ीमत दुगुनी हो जाएगी।

[आवाज़ से हम जान लेते हैं कि यह दो छायाएँ डॉ. हंसराज तथा दीनदयाल के अतिरिक्त कोई नहीं।]

डॉ. हंसराज : *(गम्भीरता के आवरण में आवृत व्यंग्य से)* तो मेरी राय में आप उसे अभी और दस दिन तक रख छोड़ें, जब उसकी क़ीमत दुगुनी हो जाए तो उसे बेच डालें...

दीनदयाल : मुझे तो पं. बसन्तलाल का ख़याल था।

डॉ. हंसराज : उनका ख़याल अब आप छोड़ दें। आपने उनका पहले ही कम ख़याल नहीं रखा।

दीनदयाल : *(व्यंग्य को सुना-अनसुना करके)* लेकिन हरि...

डॉ. हंसराज : हरि का अभी प्रेस बढ़ाने का कोई इरादा नहीं।

दीनदयाल : पर तुमने...

डॉ. हंसराज : हाँ, मैंने तो कहा था, पर हरि ठहरा अस्थिर चित्त का व्यक्ति! तब उसका विचार था कि प्रेस चलाएगा, बढ़ाएगा, पर अब मैं देख रहा हूँ कि वह पहला भी बेचकर कहीं

काश्मीर, नैनीताल जाने की सोच रहा है। कवि तथा पागल को तभी तो विद्वानों ने एक-सा समझा है।

दीनदयाल : *(वंश का शुभचिन्तक)* समय बड़ा कठिन है। ऐसे वक़्त तुम उसे किस तरह यों बेकार आवारागर्दी करने की सलाह दे सकते हो! मेरे पास जो मशीन है...

डॉ. हंसराज : लेकिन चचा जी, मशीन को लेकर वह करेगा क्या? काग़ज़ तो बाज़ार में मिलता नहीं। जितना काग़ज़ निकलता है, वह तो सरकार अपने दफ़्तरों के लिए ले जाती है और दफ़्तरों में आप जानते हैं, दो पंक्तियाँ लिखना हो तो पूरा फुलस्केप का काग़ज़ नष्ट कर दिया जाता है। बाहर से काग़ज़ आता नहीं। बड़े-बड़े पुराने जमे हुए छापेख़ानों के मालिक अस्थायी रूप से काम बन्द करने की सोच रहे हैं, फिर बेचारा हरि तो इस झंझट को पहले ही चला नहीं पाता।

दीनदयाल : ख़ैर उसकी इच्छा! पर तुम मॉल पर दुकान खोल रहे थे, तुम्हें सामान चाहिए था और तुमने कुछ भी पता नहीं दिया।

डॉ. हंसराज : मुझे युद्ध में खेमे सप्लाई करने का ठेका मिल गया है। हिस्सेदारी तो है, पर ठेका भी पाँच लाख का है।

दीनदयाल : किन्तु मैंने तो तुम्हारे लिए सामान मँगा रखा था।

डॉ. हंसराज : आपके दुगने हो जाएँगे, कुछ दिन और रख छोड़िए!

दीनदयाल : *(निरन्तर हमलों से घबराए बिना)* परन्तु...

डॉ. हंसराज : मैं तो पहला भी बेचने की सोच रहा हूँ।

दीनदयाल : *(अडिग पर आश्चर्य से)* हरि भी मशीन बेचना चाहता है और तुम भी सामान बेचना चाहते हो!

डॉ. हंसराज : आप विश्वास कीजिए। जब इसमें लाभ ही नहीं तो क्या करें। वह छापेख़ाने में बैठा दिन-दिन भर मक्खियाँ मारा करता था और मैं दवाख़ाने में। वह कवि है, इसलिए

ज़रूरी नहीं कि एक ही व्यवसाय को गले बाँधे और मैं कवि नहीं कि एक ही व्यवसाय को गले से चिमटाए रखूँ।

दीनदयाल : तुम्हारी यह परस्पर विरोधी बात मेरी समझ में नहीं आई।

डॉ. हंसराज : बात यह है कि कवि स्वभावतया अस्थिर चित्त का व्यक्ति होता है और किसी एक व्यवसाय को अपनाए रखना उसके बस की बात नहीं होती, लेकिन यदि वह ऐसा करता है तो केवल भावुकतावश। और यदि भावुकतावश वह एक व्यवसाय से चिमट जाए तो फिर वह उसे नहीं छोड़ता, चाहे उसके प्राण भी क्यों न वहीं होम हो जाएँ। व्यापारी आदमी निरन्तर हानि होने पर भी जहाँ एक व्यवसाय में टिका, समझिए वह कवि हो गया। मैं शुद्ध व्यापारिक बुद्धि रखता हूँ। मैं कवि नहीं इसलिए क्यों एक ख़सारे के काम को गले लगा रखूँ?

दीनदयाल : *(तनिक और समीप होकर भेद भरे स्वर में)* तो देखो जब तुम सामान अथवा मशीन बेचने लगो, मुझसे पूछ लेना, मैं महँगे से महँगे दाम पर तुम दोनों की चीज़ें बिकवा दूँगा।

[दीनदयाल की छाया आलोप हो जाती है, एक दूसरी छाया आती है—]

: दीनदयाल आया था?

[आवाज़ से हम जान लेते हैं कि डॉ. हंसराज की संगिनी श्रीमती कमला देवी हैं।]

डॉ. हंसराज : मैंने उसे धता बता दी।

कमला : पर आपने तो वचन दिया था।

डॉ. हंसराज : वचन न देता तो ये लोग पिताजी को भड़का न देते! रिश्वत...रिश्वत...रिश्वत। आज की दुनिया में जितने काम

इससे निकलते हैं, उतने किसी से नहीं निकलते। फिर इस रिश्वत का रूप रुपया भी हो सकता है, भेंट-पुरस्कार भी, प्रशंसा भी, ख़ुशामद भी और लूट का हिस्सा भी—ये दोनों चचा साहबान आसानी से जितना धन लूट सकते थे लूट चुके थे। और लूटने के लिए इन्हें बहाना चाहिए था। वह बहाना उपस्थित करके मैंने इन्हें अपने और दूसरे भाइयों के मामले में चुप रहने की रिश्वत दी। दीनदयाल ने समझा हरि उसकी वह पुरानी मशीन ख़रीद लेगा, जिसे आज आठ वर्ष से सारे लाहौर में किसी ने नहीं लिया और हंसराज मॉल पर दुकान खोलेगा, तो उसे सामान सप्लाई करने के बदले गहरी रक़म हाथ आएगी और चचा चाननराम ने सोचा कि उनका वह नालायक लड़का सर्जन बन जाएगा—रिश्वत! आज उन्नति के शिखर पर चढ़ने के लिए इससे अच्छा कोई साधन नहीं। कल की बात मैं कह नहीं सकता।

[छायाएँ लुप्त हो जाती हैं और क्षण भर के लिए स्टेज पर रोशनी हो जाती है। बरामदा ख़ाली है। एक ओर चारपाई पर कोई लेटा हुआ है, उसके परेशान खर्राटों की आवाज़ फिर सुनाई देती है।

स्टेज पर फिर अँधेरा छा जाता है। दो छायाएँ एक दूसरी का पीछा करती हुई आती हैं।]

एक : *(आवाज़ गुरु की है)* नहीं माँ, मुझे न तंग करो। मैं आई.सी. एस. बनने के लिए भाग-दौड़ कर रहा हूँ। यदि किसी को पता चल गया कि मेरा पिता वहाँ सब्ज़ी मंडी या लंडे बाज़ार की नालियों में औंधे मुँह पड़ा रहता है, तो मेरा सब भविष्य नष्ट हो जाएगा।

[दामन छुड़ाकर भाग जाता है।। माँ की छाया उसके पीछे जाती है और अनुनय के स्वर में चीख़ती है—]

: पुत्र, पुत्र...

[पुत्र की छाया निकल जाती है। एक और छाया प्रवेश करती है।]

: देव...

[उसकी ओर बढ़ती है।]

देव : *(बचता हुआ)* नहीं माँ, उन्हें रखना मेरे बस का रोग नहीं, मैं डरता हूँ। मुझे उनके पास बैठते हुए भय है। वे भी थप्पड़ जमाने और गालियाँ देने को तैयार हो जाते हैं। अपने यहाँ रखना तो दूर रहा, मैं तो उनके पास तक नहीं जा सकता।

[कन्नी कतराकर निकल जाता है।]

माँ : *(उसके पीछे जाती हुई)* पुत्र...पुत्र...

[एक और छाया प्रवेश करती है। हाथ में बैग थामे हुए]

माँ : *(उसकी ओर बढ़ती हुई)* बेटा हरि, तेरे पिता की हालत...

हरि : मुझे यहाँ नहीं रहना माँ, मुझे अभी शान्तिनिकेतन जाना है। *(गर्व से सीना फुलाकर)* तुम्हें नहीं मालूम, मेरी ख्याति पंख लगाकर उड़ चली है। मुझे जगह-जगह से निमंत्रण आ रहे हैं। मैं शान्तिनिकेतन अपनी कविताओं पर एक भाषण देने जा रहा हूँ। जब लोगों को पता चलेगा मैंने किन

कठिन परिस्थितियों में परवरिश पाई है, मेरा पिता कितना क्रूर तथा निर्दयी है तो वे मेरी प्रतिभा पर आश्चर्यान्वित रह जाएँगे। आज ही मुझे शान्तिनिकेतन चला जाना है।

[तेज़-तेज़ चला जाता है, एक और छाया प्रवेश करती है।]

माँ : *(उसकी ओर बढ़ती हुई)* बेटा हंस, तुम भी अपने पिता की हालत पर तरस न खाओगे तो कौन खाएगा, पुत्र...

डॉ. हंसराज : मैं तुम्हें कितनी बार कह चुका हूँ कि मुझे तंग न करो। क्यों बार-बार मेरी जान खाती हो। यदि उन्होंने सब रुपया गँवा दिया है तो इसमें मेरा क्या दोष है, यदि वे फटेहाल रहना चाहते हैं तो मैं क्या करूँ!

माँ : उन्होंने तुम्हें...

डॉ. हंसराज : मान लिया उन्होंने मुझे यह सब कुछ बनाया लेकिन क्या मैं भी इस सबको उनकी भाँति गँवा दूँ। फटेहाल, तार-तार कपड़े लिये शराबख़ानों में घूमता फिरूँ; गालियाँ दूँ, गालियाँ खाऊँ, नालियों में गिरता फिरूँ, मक्खियाँ मुझ पर भिनभिनाएँ और कुत्ते मेरा मुँह चाटें।

माँ : पुत्र...

डॉ. हंसराज : मैंने क्या कुछ नहीं किया। उन्हें अच्छे से अच्छे बँगले में, अच्छे से अच्छे कपड़ों में आवृत रखा। चूँकि शराब उनकी हड्डियों में रच गई है और वे छोड़ नहीं सकते, इसलिए अच्छी-से-अच्छी शराब तक उन्हें पीने को दी, पर वे उस कोठी को पिंजरा और उस क़ीमती शराब को कुल्हिया का पानी समझते रहे। फिर मैं क्या करूँ?

माँ : पुत्र...

डॉ. हंसराज : और मैं चाहता क्या था? केवल थोड़ा-सा शिष्टाचार! मात्र

थोड़ी-सी सभ्यता!! लेकिन उन्हें भरे बाज़ार ऊँचे-ऊँचे बोलना, गालियाँ देना, गालियाँ खाना, पीटना पीटना और अपने यारों के साथ मस्त झूमते फिरना पसन्द है—क़मीज़ खुली है तो इसकी उन्हें परवाह नहीं, धोती लटक रही है तो इसकी उन्हें चिन्ता नहीं, सिर या पाँव नंगे हैं तो इसका उन्हें ध्यान नहीं—इस हालत में मैं उनकी क्या सेवा कर सकता हूँ? मैं स्वयं उन-सा तो होने से रहा और उनके साथ वही रह सकता है, जो उन-सा हो जाए!

माँ : पुत्र आख़िर व तुम्हारे पिता...

डॉ. हंसराज : मैं किसी का पुत्र नहीं। कोई मेरा पिता नहीं। आज मैं इतनी मेहनत, इतने परिश्रम, इतनी दौड़-धूप के बाद सफलता की सीढ़ी पर चढ़ा हूँ। क्या तुम चाहती हो, मैं फिर नीचे का नीचे जा रहूँ—मुझे नित नई पार्टियाँ, नित नये डिनर देने होते हैं। कहाँ लाकर रखूँ मैं उन्हें अपने यहाँ?

माँ : किन्तु उन्हें तुम रुपये...

डॉ. हंसराज : उन्हें रुपये देने का मतलब अन्धे गंदे कुएँ में उन्हें फेंकना है। रुपये का उनके समीप कोई महत्त्व नहीं। मिट्टी के ढेलों की भाँति वे उन्हें उछाल देते हैं। उनको दिये गए रुपये सब्ज़ी मंडी, लोहारी अथवा लंडा बाज़ार की नालियों के कीड़े बनते हैं।

(चले जाते हैं।)

[माँ निमिष भर सिर थामे खड़ी रहती है, फिर डॉ. हंसराज के पीछे जाती है कि दाईं ओर से एक और छाया आती है। माँ उसकी ओर बढ़ती है और पुकारती है—]

माँ : कैलाश!

कैलाशपति : मुझसे तुम क्या कहती हो, इतना ही क्या कम है कि मैं तुम्हें कुछ नहीं कहता। कोई दूसरा होता तो अब तक कब का पकड़कर जेल में ठूँस देता। शराब पीकर वे इतना अन्धेर मचाते हैं कि मेरी सब की सब व्यवस्था भंग हो जाती है। उनके कारण मेरे इलाक़े में मेरा कोई रोब नहीं रहा। मैं पुलिस-इंसपेक्टर हूँ, घसियारा नहीं। किन्तु उनके कारण मेरी अवस्था घसियारों से भी गई-बीती है, भरे बाज़ार में वे मुझे आधा नाम लेकर पुकारते हैं, मेरे मातहतों के सामने वे मुझे गालियाँ देने लगते हैं। मैंने अपनी तब्दीली के लिए प्रार्थना की है। यदि मुझे तब्दील न किया गया, तो मुझे विवश होकर उन्हें सीखचों के अन्दर करना पड़ेगा।

[चला जाता है।]

माँ की छाया : पुत्र होकर तुम अपने पिता को सीखचों के अन्दर दोगे *(दोनों हाथों से कनपटियों को भींचती हुई चीख़ती है)* तुम्हें शर्म नहीं आती *(और भी ज़ोर से चीख़ती है)* तुम्हें शर्म नहीं आती *(धीरे से जैसे अपने आप)* क्या मैंने अपनी कोख से सब कपूत जने! क्या तुम में एक भी ऐसा नहीं जो अपने माता-पिता को उनकी सब त्रुटियों, उनके सब व्यसनों के साथ, अपने पास इज़्ज़त के साथ रख सके? पुत्र ऐब करते हैं। माँ-बाप डाँटते हैं—और तुम जिनका एक-एक अणु हमारे रक्त से बना है, जो हमारे कारण इस ऊँचाई पर चढ़े हो—अपने पिता को जेल में भेजने को तैयार हो *(चीख़ती है)*—तुम सब कपूत हो, तुम सब बेशर्म हो; नौज मैंने तुमको जना।

[गिर पड़ती है, अचेत हो जाती है, दाईं ओर से एक और छाया धीरे-धीरे उसके पास आती है, उसे हवा करती है, और आवाज़ देती है।]

वही छाया : माँ!

[फिर हवा करती है।]

: माँ!

[माँ की छाया सहारे से उठती है और बैठती है।]

वही छाया : माँ!

माँ की छाया : तुम कौन हो?

वही छाया : मैं तुम्हारा पुत्र हूँ, मैं दयालचन्द हूँ।

माँ की छाया : *(गद्गद होकर)* दयालचन्द...मेरा छठा बेटा...*(उसे आलिंगन में ले लेती है)* कहाँ था तू *(आर्द्र स्वर से)* देख तेरे भाइयों ने हमें किस तरह दुत्कार दिया है। तेरे पिता दो दिन से सब्ज़ी मंडी में औंधे मुँह बेहोश पड़े हैं।

दयालचन्द : मैं उन्हें वहाँ से जाकर उठाऊँगा, उनकी हर तरह सेवा करूँगा।

माँ : उन्हें तीन लाख रुपया आया था। वे तुम्हें ढूँढ़ना चाहते थे, पर सब रुपया तेरे भाइयों ने उनसे लूट लिया। तू क्या करता है, आजकल कहाँ रहता है?

दयालचन्द : मैं गाड़ियों पर सोडा-बर्फ़ बेचता हूँ माँ!

माँ : *(अत्यधिक आर्द्र स्वर में)*

[उसे और भी ज़ोर से अपने आलिंगन में भींच लेती है, और सिसकती है। छायाएँ लुप्त हो जाती हैं, रंगमंच पर रोशनी हो जाती है]

[वही डॉक्टर हंसराज के पोर्शन का बरामदा है। सब खाना खा चुके हैं, इसलिए चटाइयाँ आदि शायद उठा दी गई हैं, कुर्सियाँ-मेज़ भी अन्दर पहुँचा दिये गए हैं और बरामदे में केवल वही चारपाई बिछी है, जिस पर अत्यधिक मद्यपता की अवस्था में पंडित बसन्तलाल को लिटाया गया था। वे अभी तक शायद लेटे हुए हैं। क्योंकि करवट लेते समय उनकी चादर खिसक जाती है, और हम उन्हें पहचान लेते हैं।

रसोईघर से अभी तक हल्का-हल्का धुआँ निकल रहा है।

रोशनी होने के कुछ क्षण बाद माँ रसोईघर से निकलकर धीरे-धीरे चारपाई के पास जाती है और उन्हें हिलाती हैं।]

माँ : ऐ जी...ऐ जी...

[जोर से हिलाती हैं। पंडित बसन्तलाल हड़बड़ाकर उठते हैं।]

माँ : मैं कहती हूँ, दो बजने को आए हैं। उठो, अब उठकर कुछ खा-पी लो, मुझे भी दो कौर निगलने हैं।

पं. बसन्तलाल : *(निद्रित तथा पूर्ववत् थथलाती हुई आवाज़ में)* मैं पूछता हूँ, दयालचन्द!

माँ : *(आँखों में चमक आ जाती है)* दयालचन्द!

पं. बसन्तलाल : मेरा छठा बेटा!

[तभी उनकी दृष्टि धरती पर गिरे हुए लॉटरी के टिकट पर चली जाती है। वे उसे उठा लेते हैं,

उसे आँखों के पास ले जाकर पढ़ते हैं। तभी जैसे झूमते हुए उठ खड़े होते हैं सब कुछ उनके सामने साफ़ हो जाता है। वे सहसा चौंक पड़ते हैं और चिल्ला उठते हैं।

पं. बसन्तलाल : तो क्या यह केवल सपना था।

[फिर चारपाई पर लुढ़क जाते हैं—पर्दा गिरता है।]